# Roberto J. Payró

I0691761

# El Falso Inca

- STOCKCERO -

Payro, Roberto J.

    El falso Inca. - 1a ed. - Buenos Aires : Stockcero, 2004.

    94 p. ; 23x15 cm.


    ISBN 987-1136-25-0


    1. Narrativa Histórica Argentina. I. Título

    CDD A863

1° edición: 2004 - Stockcero
ISBN N° 987-1136-25-0
Libro de Edición Argentina.

Hecho el depósito que prevé la ley 11.723.
Printed in the United States of America.

stockcero.com
Viamonte 1592 C1055ABD
Buenos Aires Argentina
54 11 4372 9322

stockcero@stockcero.com

Roberto J. Payró

# El Falso Inca

# *Indice*

Señor Carlos Correa Luna.

*Mi querido Carlos:*

*A tu buena y vieja amistad, que sabrá apreciar el corto presente, dedico estas cuartillas que no son de historia ni de novela, aunque de ambas tengan lo bastante para no ser ni fruto solamente de la fantasía, ni árida reproducción de antiguos hechos. Diremos que es una crónica, escrita por un repórter que suele olvidarse de la actualidad para averiguar el pasado.*

*Bohórquez va, pues, a ti y al público, sin pretensión mayor, por muy charlatán que sea. ¡Y el cielo te libre y libre a los lectores de tantos de su calaña como andan por estos mundos, prole distinguida y nunca bastante ponderada del insigne andaluz!*

*Afectuosamente*

Roberto J. Payró

# I – FORASTEROS EN EL VALLE

os viajeros, un hombre y una mujer, indígenas a juzgar por su aspecto y traje, cruzaban al caer la tarde de un tibio día de mayo de 1656, el amplio valle de Catamarca: el sol iba a ponerse tras del Ambato, los viajeros parecían rendidos por una larga jornada, y cerca no se veía habitación alguna.

—Aquí podíamos quedarnos –dijo el hombre en castellano, señalando un alto *paaj puca* [1], que sobresalía en un bosquecillo de algarrobos [2], vinales [3] y mistoles [4], entretejidos de enredaderas.

—Como te parezca –contestó la mujer, que tenía marcado acento quichua, así como andaluz su compañero.

Depositó bajo el árbol las alforjas de lana de colores que llevaba, y haciendo en seguida un montón de ramillas y hojarasca, batió el eslabón e hizo fuego, en la creciente obscuridad de la noche que caía. Bajó luego hacia el Río Grande, que corría a pocos pasos, llevando

1   *Paaj puca*: quebracho colorado
2   *Algarrobo*: árbol de madera dura. La corteza se usa para curtir cueros. La goma-resina que expide su tronco se usa para teñir de color oscuro. Su fruto, en vaina, es comestible y muy alimenticio
3   *Vinal*: *Prosopis ruscifolia*. Árbol de la familia de las leguminosas, de hasta 6 m de alto y con poderosas espinas axiales en su ramaje).
4   *Mistol*: Ziziphus mistol, árbol de la zona de Santiago de Ester. da frutos comestibles con los cuales se hacen dulces.

en la mano un ancho tazón de barro cocido, y volvió con él lleno de agua, preparándose a cocer el maíz que, con un poco de grasa, ají y sal como condimento, constituiría su frugal comida.

El hombre, silencioso y apático, se había tendido en la espesa yerba, con los brazos bajo la cabeza, masticando lentamente un *acuyico* [5] de coca.

—A estas horas –murmuró por fin– ya está avisado todo el mundo, y todo el mundo ha recibido la noticia con regocijo...

—Algunos habrá que no creerán –replicó la mujer.

—¡Pero callarán, porque les conviene, porque es la realización de sus deseos, Carmen!... ¡Oh! ¡el plan está bien madurado, y es magnífico!... Sólo falta encontrar el medio de acercarnos al gobernador... Y si él se deja envolver...

—¡Es tan ambicioso!... ¡Ha perseguido, azotado, dado tormento a centenares de indios, para arrancarles el secreto de sus tesoros! –exclamó Carmen, con vaga sonrisa de burla–. Ea, vamos a comer, que este cocimiento ya está.

—¡Y ni siquiera un poco de aloja [6] para refrescar! –murmuró el hombre.

—No te apures, Perico, que si esto no es tan bueno como los festines del Potosí, día llegará en que los tendremos mejores. ¡Un Inca con millares y millares de súbditos!...

—Come y calla, que en boca cerrada no entran moscas.

Comieron silenciosos en medio de la sombra que había llenado el valle, entonces mucho más fértil que hoy, pues el Río Grande del Valle Viejo que bajaba desde cerca de las faldas del Pucará, y el río Tala, que descendía del Ambato, no interrumpían nunca su corriente, y en verano, crecidos con los deshielos, lo inundaban, fecundaban y reverdecían todo.

El fuego, entretanto, iluminaba fuertemente el rostro atezado [7] del hombre, en el que fosforecían dos ojos pequeños, negros y vivos. Era de corta estatura, vestía una mala túnica de lana y un poncho de colores, y llevaba en los pies ojotas, o sandalias de cuero sin curtir. Parecía, pues, un indio, pero, aun sin oírlo hablar, un europeo observador hubiera notado en sus ojos de corte horizontal, en la línea de su nariz y en sus movimientos bruscos y nerviosos, nada apáticos por

5   *Acuyico*: (acullico) bolo formado con hojas de coca y llipta (mezcla de lejía y salitre)
6   *Aloja*: Bebida fermentada hecha de algarroba o maíz, y agua.
7   *Atezado*: de color oscuro, o directamente negro.

cierto, que no pertenecía a la raza calchaquí.[8]

Carmen, su acompañante, presentaba rasgos de india, y rasgos de española. Tenía el rostro de cobre dorado, ojos negros, muy grandes, dulces y tranquilos, pero en que a veces brillaban llamaradas de inteligencia y viveza, nariz fina, cabello como el azabache, algo rudo y ondulado, labios gruesos y rojos, frente estrecha y límpida. Iba envuelta en un manto que ocultaba sus ropas caídas y se ceñía coquetamente a sus redondas formas, pero los brazaletes y ajorcas de sus brazos y tobillos, los grandes pendientes de sus orejas y los topus[9] cincelados con que se sujetaba el cabello, parecían indicar una mujer rica, si no de clase elevada.

—¡Si vendrá mañana! –exclamó el hombre, acabando de comer.

—¿Lo citaste aquí mismo? Pues vendrá, no te quepa duda, Pedro. Ahora, lo mejor es dormir.

La noche pasó silenciosa y tranquila, sin más rumores que el de las hojas movidas por la brisa y humedecidas por el rocío, el canto de las ranas, y algún lejano gruñido de puma o de jaguar en exploración por la selva y las quebradas.

Poco antes de amanecer, un vocerío y un zurrido[10] incesantes y crecientes los despertaron. Inti, rey de lo creado, anunciaba su llegada, y la naturaleza entera se aprestaba a recibirlo. Alzaban alto el vuelo, el gavilán, el carancho[11], el chimango[12]; el cuervo formaba sus negras cuadrillas de salteadores; el cóndor[13], como un puntito imperceptible e inmóvil, bogaba sin esfuerzo en los aires; y entre las ramas, el rey de los pájaros[14] y el ñaarca[15] se trazaban sus planes de emboscadas, mientras en los árboles o sobre la yerba charlaban o can-

8   *Calchaquí*: tribu pertenecieron al grupo de los diaguitas, grupo étnico que habitó en valles y quebradas del noroeste de la Argentina. La cultura diaguita fue la que desarrolló la cultura indígena más compleja en territorio argentino. El arte diaguita relumbró en la cerámica y la metalurgia. Antes de la dominación española, hacia el 1480, durante el reinado del Inca Tupac Yupanqui ( el hijo de Pachacutec) los incas se adentraron en territorio argentino y los dominaron.
9   *Topu*: o tupu, pincho con cabeza grande con los que se prendía la ropa o recogía el cabello.
10   *Zurrido*: rumor de voces desentonadas, confusas y atropelladas.
11   *Carancho*: (*Polyborus tharus*), caracará, ave de rapiña sudamericana
12   *Chimango*: (*Chimango Caracara Milvago chimango*) ave de rapiña de 30 cm de largo. Muy abundante en la región del Río de la Plata.
13   *Condor*: (vultur gryphus) ave de rapiña sudamericana
14   *Rey de los pájaros*: rey del bosque (Pheucticus aureoventris), pájaro de cabeza, dorso, garganta, pecho y cola negros. Pecho inferior y abdomen amarillo. Alas negras con manchas blancas. Pico fuerte y grueso negro. Habita las zonas precordilleranas de Sudamérica.
15   *Ñaarca*: *Caprimulgus longirostris*, chotacabras, ave nocturna.

taban loros, kcates, carpinteros, horneros, zorzales, venteveos, viudas, mirlos, boyeros, cardenales, calandrias y guilguiles... alternando con el grito de las pavas del monte, las charatas, las chuñas, o el arrullo de las torcazas, las bumbunas y las tórtolas, o el silbido de las perdices y las martinetas...

Carmen volvió a hacer fuego. Pedro mascaba coca, cambiando pocas palabras, en plena tranquilidad, cuando una gruesa voz de hombre los hizo poner en pie de un salto. ¡No era para menos! La voz decía:

—Ea, Pedro Chamijo, ¡date, date que no hay escape!...

Y en efecto, la boca de un arcabuz apuntaba al descuidado viajero, y tras del arcabuz se veía la enmarañada barba, los ojos lucientes, las manos rudas y la cola de cuero, la chupa [16] y el casco de un soldado español.

16  *Chupa*: especie de camisa ajustada al tronco que se usa debajo de la casaca militar

# II – VISITA INESPERADA

No era aquello lo que aguardaba la pareja tan bruscamente interpelada. El hombre, ya en pie, tuvo un violento temblor, y se le nubló la vista. La mujer, más entera –quizá por lo menos amenazada–, consideró un momento al soldado. El examen debió resultar favorable, pues en seguida sonrió levemente y dijo con toda tranquilidad:

—Es Sancho Gómez.

Bajose el arcabuz, y el soldado se adelantó jovialmente, exclamando:

—¡El mismo, hermosa! Pero ¿qué andáis haciendo por aquí, cuando os creía tan lejos?

Pedro pasó, por lógica transición, del susto a la ira, y prorrumpiendo en una larga serie de blasfemias, acabó por decir:

—¡Vaya un modo de saludar a los amigos, Sancho Gómez! ¡Y cómo se ve que ahora no me necesitas! ¡Me has dado un sofocón!...

—¡Bah! pelillos a la mar [17], y cuéntame lo que andáis tramando, tú y esta buena pieza [18] –dijo Sancho, sentándose en el suelo–. En buena hora me ocurrió dejar el caballo, y acercarme con tiento a ver qué era este humo. Si la tuya ha sido ingrata en el primer momento, la mía

17  *Pelillos a la mar*: olvidemos y pasemos a otra cosa.
18  *Buena pieza*: se dice de alguien que no se comporta bien.

es una gratísima sorpresa. ¡Vaya! ¡Desembucha, hombre de Dios! Cuenta, cuenta lo que haces.

Pedro Chamijo llamábase, en efecto, el viajero, y Sancho Gómez le había conocido muy a fondo en Potosí, donde fuera su camarada de orgías, aventuras e intrigas, tales que darían materia para la continuación del "Lazarillo" o "El gran tacaño". Testigo y cómplice fue Gómez del ardid con que Chamijo logró apoderarse no sólo de los quince mil duros de don Pedro Bohórquez Girón, sino también de su ilustre apellido. Puesta en el potro del tormento, puede que la gentil Carmen recordara cómo se produjo aquella hazaña, y qué cebo atrajo al incauto; pero si callaba esos pormenores, recordaba en cambio gustosa la vida de fausto [19] y de placeres que gozaran los tres –Chamijo convertido ya en Bohórquez Girón, Sancho Gómez y ella–, hasta que su amante fue enviado a purgar en la cárcel de Chile, no sus delitos, que eran numerosos, sino el imperdonable crimen de haber embaucado a virreyes y gobernadores del Perú, prometiéndoles descubrir minas y tesoros –los famosísimos del Gran Paitití [20]– que nunca se encontraron...

Del presidio de Valdivia –donde volviera a encontrarse con Carmen–, el andaluz, tan poco animoso cuanto amigo de baladronadas y bravatas, huyó a Cuyo.

Carmen lo siguió con singular valor y abnegación, y allí colaboró en el complicado plan de una intriga que había de elevar a su amante a la más encumbrada grandeza. Allí también perfeccionó a éste en el conocimiento del idioma quichua, y aprovechó con él todas las circunstancias favorables para ponerse en comunicación con los indios del Calchaquí, preparándolos a una guerra formal contra los conquistadores, y anunciándoles el próximo advenimiento de un Hijo del Sol, sabio e indómito, guerrero, cuya ciencia y cuyo valor centuplicarían las fuerzas de su pueblo.

---

19  *Fausto*: gran ornamento y pompa exterior. Lujo extraordinario.
20  *Reino del Paititi*: un conjunto mítico de ciudades conectadas a una red de túneles andinos, de origen remoto y que habrían servido como último refugio a los supervivientes del imperio incaico. En Paititi, según la tradición andina, vive el Inca Rey soberano Intipchurrin (hijo del Sol) quien hasta hoy reina en silencio, preparándose para restaurar el interrumpido orden del universo. Aquel lugar era la última avanzada que alcanzaron cien años antes de la llegada europea, los ejércitos del inca Túpac Yupanqui. La difícil geografía y la resistencia de las tribus del lugar llevaron al inca a un tratado con el gran padre (Yaya) señor del Paititi. En memoria de tal acuerdo se erigió una ciudad en la meseta del Pantiacolla, conectada con Paucartambo por siete depósitos de aprovisionamiento (Tambos).

Y cuando les pareció que el plan estaba suficientemente madurado y la semilla de la insurrección bastante esparcida en terreno propicio, se pusieron en marcha, atravesaron los Andes, y por los valles de Guandacol y Famatina, sin tocar en Rioja por no dar trabajo a la autoridad, entraron a la región calchaquí, futuro teatro de sus hazañas. Allí permanecieron largos meses trabajando ocultamente en sus fines, hasta que resolvieron dar el golpe decisivo, y emprendieron viaje otra vez. De eso hacía pocos días.

Chamijo o Bohórquez, luego que se le hubo pasado la ira de la reacción, se encaró con su compinche Sancho Gómez, hablándole amistosamente.

—Caes –le dijo– como llovido del cielo, si es que, como presumo por tus arreos militares, tienes algo que ver con el gobernador Mercado.

—Sí que tengo, y mucho –replicó Sancho–, pues no le sirvo sólo cargando el arcabuz, sino también guardándole las espaldas en alguna aventurilla, y hasta procurándosela si es preciso. Ya sabes que yo no soy hombre de tontos escrúpulos, ni de remilgos a lo dueña [21] o rodrigón [22]...

—Pues es preciso que me procures una entrevista secreta con el gobernador Mercado y Villacorta.

—Don Alonso me la concederá en cuanto se la pida. Pero, vamos a ver: ¿qué es ello?, ¿de qué se trata?

Chamijo se acercó y habló al oído de su camarada, por largo espacio, como si temiera que los mismos troncos de los árboles tuviesen oídos. Gómez, escuchándolo, abría desmesuradamente los ojos. Por fin balbuceó:

—¡Pero corres a la horca!

—¡O a la grandeza! Deja la horca en paz, que ésa no llega hasta el día postrero, y contesta: ¿Quieres ayudarme? No arriesgas nada, no te comprometes en nada, y, si triunfo... si triunfo compartiré contigo el beneficio...

—Pero... una traición –tartamudeó Gómez.

—No hay traición cuando se va con el que manda como soberano. Además, quién sabe si llega el caso; sin embargo, siempre llegará el de los maravedís [23], la holganza, el vino rancio y las buenas mozas.

21 *Dueña*: mujer viuda que para autoridad y respeto, y guarda de las demás criadas, había en las casas principales.
22 *Rodrigón*: fig. criado anciano que servía para acompañar señoras
23 *Maravedí*: moneda española que a lo largo de su vigencia ha tenido diferentes valores y denominaciones

¿Está dicho?

—¡Hum! ¡Hasta cierto punto!... Te procuraré la entrevista, y después veremos... En todo caso puedes contar con mi discreción y mi honradez.

—Honradez de pícaro.

—Los pícaros no se engañan ni traicionan. ¡Bueno, con Dios! voy a montar a caballo y seguir mi camino. A propósito, ¿dónde y cuándo nos encontraremos?

—En Londres, dentro de una semana.

—En Londres, dentro de una semana. Está bien, no faltaré... Carmen... ¿no hay ni una caricia de adiós para un viejo amigo?

—¡Anda, vete, cara de *chiqui*! [24]. ¡Que te acaricien tus propias barbas, chancho del monte!

—¡Amable y dulce prenda [25]! ¡cuán gratas me son tus palabras! –dijo Sancho riendo, y alejándose por los matorrales en procura del caballo que había dejado lejos para no hacer ruido, y ver sin ser visto a los que acampaban en el bosque.

Apenas había desaparecido, una cara de indio asomó en medio del follaje, precisamente junto al sitio en que estaba sentada Carmen, mirando a Bohórquez.

—¡Buenos días, gran jefe! –murmuró más que dijo el indio en quichua–. Temprano te amanecen hoy las visitas importantes.

—¡Ah, Luis! ¡Te esperaba con impaciencia! Acércate.

—Con impaciencia aguardaba yo también, metido entre estas hojas, a que se fuera ese alacrán, ese cangrejo vestido de cáscara dura. Es muy tu amigo... Y has hecho bien en hablarle en voz baja, pues así como pude haberte oído yo, pudo también escuchar algún otro...

—Muchas palabras gastas hoy –refunfuñó Bohórquez en castellano.

—Joven, hablas demasiado –añadió Carmen en quichua.

—Me preparo la lengua para las grandes noticias –replicó tranquilamente el indio.

---

24  *Chiqui*: diablo (N. del A.). En realidad *chiki* significa astilla, *Chiki wasa* "de mala suerte" y *chiqchikiru* "prostituta" (N. del E.)
25  *Prenda*: mujer querida

# III – EL MESTIZO

—¿**L**as grandes noticias? –preguntó Bohórquez palpitante de interés y emoción, mientras Carmen se acercaba instintivamente al indio, que se había reunido a ellos, saliendo de la espesura.

—Sí. Estos últimos meses he recorrido las tribus, una por una, y desde Humahuaca hasta más allá de las salinas, todas están prontas a empuñar las armas por su independencia, arrojar a los españoles de las tierras del sol, restablecer el imperio de los Incas y su vieja religión, y reconocerte como su jefe y el hijo representante de Dios sobre la tierra, aunque...

—¿Aunque? –preguntó sobresaltado Bohórquez.

—Aunque algunos afirmen que no corre por tus venas la sangre de Manco Capac y Mama Ocllo, y aseguren que eres...

—¡Basta! –prorrumpió Bohórquez–. Castigaría esa audacia, si no se necesitara de todos para nuestra grande obra.

—¿También lo dices por mí? –preguntó el indio con la más imperceptible ironía.

—¡También por ti lo digo, vasallo! –replicó Bohórquez, exagerando el tono.

Luis guardó silencio y miró a Carmen, que le hacía una ligerísima seña con los ojos.

—Deja, oh soberano, que este hombre siga dándote las noticias que tiene –dijo la mestiza con fingida sumisión.

Luis Enríquez, que así se llamaba el indio, o más bien mestizo, pues era hijo de un aventurero español que había seducido y abandonado a su madre, quien lo educó en el odio y el desprecio hacia los conquistadores, incitándolo a la venganza desde sus más tiernos años, servía desde tiempo atrás de teniente y emisario a Bohórquez y agitaba infatigable las tribus calchaquíes, preparándolas para el día del exterminio.

El sistema de las encomiendas, que convertía a los indios en esclavos, so pretexto de "ampararlos, patrocinarlos, enseñarles la doctrina cristiana y defender sus personas y bienes", tenía indignado a todo el mundo, y pronto a lanzarse al combate; sólo faltaba un jefe, un guerrero que pudiera conducir a la victoria a esas huestes bisoñas e indisciplinadas, que si lucharon en anteriores sublevaciones fue para convencerse sangrienta y dolorosamente de que les faltaban armas, y sobre todo pericia.

La situación era doblemente insoportable para los indómitos calchaquíes, que no habían usurpado su nombre de "dos veces bravos". En efecto, aunque súbditos de los Incas, conservaban cierta autonomía hasta la llegada de los españoles, y ellos mismos elegían sus caciques. Su independencia fue luego total, mientras los conquistadores no invadieron sus valles; y más tarde éstos no lograron nunca someterlos del todo, hasta su exterminio completo.

Sus insurrecciones, que ocuparon un espacio de cerca de siglo y medio, fueron innumerables y algunas terribles. Ya entonces se recordaban, entre otras, las de 1536 contra Almagro; 1542 contra Diego Rojas, a quien costó la vida; 1553 contra Aguirre, que, según los historiadores, había cometido la iniquidad de repartir decenas de miles de indios como esclavos, a treinta y siete *encomenderos*, y que fue obligado a evacuar la ciudad de Barco; la de 1562 en que el célebre caudillo indígena don Juan de Calchaquí obtuvo la victoria en varios combates, al frente de numeroso ejército; la de 1572 contra Abreu; la de 1582 en Córdoba, y por último la gran campaña contra el gobernador Felipe Albornoz, iniciada en 1627...

Ya hacía, pues, muchos años que en los heroicos valles reinaba aparente paz, sólo turbada de cuando en cuando por alguna parcial refriega, a la que seguían inmediatamente feroces castigos e inhumanos tormentos, porque los españoles consideraban que, siendo tan pocos, en número, sólo el terror podía mantenerles sumisas aquellas masas innumerables de hombres. Junto con el terror, la religión y los prodigios celestiales, verdaderos o fingidos, completarían la obra...

Luis Enríquez, entretanto, terminaba de dar sus informes al español:

—El valle de Calchaquí, el vasto espacio que rodea las salinas de Catamarca, los valles de Anillaco y Famatina, las gargantas y desfiladeros de los Andes, todo hervirá en guerreros armados de lanzas, hachas, libes [26], hondas y flechas en cuanto des un grito, y los pucarás [27] verán sus murallas cubiertas de defensores. He visto a los valerosos Quilmes [28], nunca vencidos, en sus mesetas, frente al Aconquija; están dispuestos ¡oh, hace ya muchos huatas [29]! Los Andalgalás, de junto a las salinas, los Acalianes del valle de Anucán, los lejanos Lules del Tucumanhao, arden en deseos de venganza e independencia. ¡Los atrevidos Diaguitas quisieran comenzar hoy mismo la lucha terrible, e igual pasa con los Escalonis, que abandonarán entusiastas sus cacerías para dedicarse a otra más grande y más sangrienta! El mismo ardor se observa en todas partes...

—¿Podré –preguntó Bohórquez con voz turbada–, podré ponerme desde luego en contacto con algunos jefes?

—Podrás.

—¿Cuándo?

—No pasarán tres días sin que lleguen numerosos caudillos, adivinos y sacerdotes a las inmediaciones de Choya. Allí se reunirán, en una gruta del Cerrito. Tú puedes, esa noche, hablar con ellos y resolver.

—¡Oh, Luis! –exclamó Bohórquez, conmovido a pesar suyo–. ¡Suceda lo que quiera, tú serás mi segundo! ¡El príncipe más poderoso del imperio! ¡Séme fiel!

26  *Libes*: Boleadora. Proviene de la voz quichua *liwiy* "lanzar, arrojar"
27  *Pucara*: castillo en lengua Aymara
28  *Quilmes*: tribu que alrededor del 1450 acosada por los Incas cruzaron Los Andes desde Chile instalándose en el Valle Calchaquí de Tucumán, donde se asentaban los diaguitas. Luego de una gran rivalidad inicial se estableció una confraternización que duró más de dos siglos. Fue la tribu más belicosa contra España. Luego de una prolongada resistencia, el gobierno español decidió exterminarlos. El Gobernador de Tucumán Mercado y Villacorta con casi 500 soldados equipados con armas de fuego los atacó por sorpresa. Los Quilmes enviaron a sus mujeres y niños a los cerros llamados Altos Pucarás, entablando batalla. Sitiados y faltos de agua y comida fueron vencidos y trasladados en 1665 a una Reducción en la Ribera del Río de la Plata, a más de 1000 kilómetros de distancia. El traslado duró un año y medio. La mayoría de las 2000 familias murió en el viaje, y en 1812 quedaban sólo tres.
29  *Huata*: en quichua *huatana* significa "atar", y *Mosojhuata* "Año nuevo".

—Seré fiel a la venganza; sólo quiero la venganza –murmuró apáticamente el indio– y para alcanzarla, todos los medios me parecen buenos.

—¡Carmen! –gritó Bohórquez, sin parar mientes en lo que el otro decía–. ¡No veo la hora de llegar a Choya! ¡Allí quiero esperar a los jefes de mi pueblo!... Vamos, en marcha. ¡Sígueme tú también, Luis!

Y sin ayudar a su compañera a recoger los utensilios que en el suelo quedaban, echó a andar a lo largo del río, por un estrecho sendero, paso sin duda de los chasques [30] que cruzaban el valle de norte a sur.

—Yo sé que no es inca, ni indio: es español, pero... ¡por ahora no importa! –dijo Luis Enríquez a la mestiza, como si se le escapara un recóndito pensamiento.

Carmen se puso sigilosamente el dedo en la boca, echó la alforja a la espalda, y poniéndose en seguimiento de su amante, murmuró:

—Calla y espera.

La había sorprendido tal indiscreción en un indio, cuando éstos son la reserva y la astucia personificadas. Pero luego pareció comprender.

—¡Bah! –se dijo–; es mestizo como yo: ¡haré de él lo que quiera!

---

30   *Chasque*: del quechua *Chaski*, mensajero

# IV – LOS CACIQUES

Anduvieron a buen paso, tanto, que ya a mediodía estaban frente a la aldehuela de San Isidro, no lejos del lugar en que más tarde se fundó la ciudad de Catamarca. La aldea, muy crecida, existe aún, y fue tomada por los españoles como centro estratégico de observación, para que no pasaran inadvertidos los movimientos sospechosos de los indios. Un puñado de miserables ranchos de barro y paja rodeaba una pobre capilla de cinco varas de frente por unas veinte de fondo, paredes de adobe, techo de troncos apenas desbastados, cubiertos de cañas, ramas y barro, y cuyas puertas y altos ventanillos eran de toscas tablas. En ese templo primitivo comenzaba a venerarse la hoy famosa imagen de la Virgen del Valle, a la que, después de consumados los hechos que narran estas páginas, se atribuyeron todos los tristes y sanguinosos horrores de la guerra, y cuyos tesoros, atraídos por tales cruelísimos milagros, afluyendo a sus altares han permitido luego alzarse una catedral.

Los viajeros no hicieron ni mención siquiera de asomarse a la capilla. Continuaron su camino sin ser vistos por los habitantes de la aldea, entregados a la siesta después del frugal almuerzo.

Algo más allá, en un espeso bosquecillo de algarrobos, ceibos y garabatos, junto al río, hicieron fuego y se dispusieron a almorzar y descansar también.

Al caer la tarde volvieron a ponerse en camino sigilosamente. Estaban sólo a legua y media de la "encomienda" de Choya, y una vez atravesado el río y el arenal que del otro lado se tendía en forma de playa, salpicado de breas y cactus, no tardarían en llegar al refugio elegido. Pero prefirieron hacerlo de noche, y descansaron varias veces para esperarla, a la sombra de los árboles. Los "conversos" de la encomienda de Choya estaban con ellos; en ningún caso les harían traición, pero bueno era prevenirse contra miradas indiscretas...

Ya en plena obscuridad, tomaron un atajo para subir a la colina. Luis se separó de ellos. Iba hasta las casas para ponerse en comunicación con algunos habitantes, procurar provisiones, agua y armas para cazar y para defenderse si el caso llegaba.

Bohórquez y Carmen subieron largo rato por una senda que culebreaba en la escabrosa colina, hasta encontrar, al extremo de una vasta explanada, una gruta que Luis les había indicado. Este refugio estaba formado por un peñasco enorme que, rodando de la cumbre en algún cataclismo, había ido a detenerse sobre otros dos que sobresalían de la falda de la colina y servían de paredes laterales a la cueva, muy espaciosa, y cuya ancha entrada estaba disimulada por la vegetación: grandes acacias espinosas y asclepiadeas y aristoloquiáceas que trepaban por la roca como los bastidores de una decoración de teatro. Algo más adelante, dos cereus [31] gigantescos parecían custodiar la gruta.

En ella se instalaron, haciendo fuego para que todo estuviese pronto cuando llegara Luis con las vituallas. El mestizo no tardó ni llegó solo. Un indio iba con él, cargando dos grandes cántaros, uno de agua fresca y otro de chicha [32], y llevando un cuarto de llama [33]. Al notar su presencia Bohórquez se retiró al fondo de la gruta, quedándose en un rincón obscuro, como para evitar todo contacto con el plebeyo.

—¡Ahí está el hijo del sol, Huallpa Inca! —dijo Luis en voz baja a su acompañante, que, con grandes manifestaciones silenciosas de respeto, depositó su carga junto al fogón, dio unos cuantos pasos atrás sin volver las espaldas y aguardó, sumiso, mirando al suelo.

---

31  *Cereus*: *Cereus validus*, cactus que llega a los 5.5 m de altura
32  *Chicha*: aguardiente fermentado
33  *Llama*: *Auchenia glama*, rumiante andino, utilizado como anuimal de carga y por su lana y carne.

—Puedes marcharte –agregó entonces Luis sin alzar la voz.

El indio –uno de los pretendidos conversos de Choya– desapareció en las tinieblas sin haber despegado los labios. En el inextricable matorral no se oyó siquiera el roce de su cuerpo con las hojas y el ramaje: más ruido produjera una víbora arrastrándose por una losa de mármol.

—Aquí traigo algunas otras provisiones y armas –dijo Luis, dejando en el suelo una bolsita de grano, un atadito de hojas de coca y dos arcos con sus flechas–. Yo me quedo con este arcabuz; como tengo que partir inmediatamente, será más útil en mis manos.

—¿Tienes que partir? –preguntó Carmen aprestándose a hacer la comida.

—Sí; aguardadme aquí ambos. Debo ponerme en comunicación con los caciques para que acudan en la noche de pasado mañana.

Bohórquez y Carmen quedáronse solos y taciturnos, haciendo en aquellos días vida de ermitaños, casi sin cambiar palabra, pero con el pensamiento fijo en la misma idea. El andaluz hacía menos larga la expectativa durmiendo a ratos comiendo y bebiendo chicha. Pero, al tercer día, cuando comenzaba a brillar la luna en su primer cuarto, poblando el valle de borrosos fantasmas, Luis reapareció y tras él llegaron, silenciosos y graves, los caciques, los curacas (jefes de familia) y los machis (brujos) convocados en nombre del falso Inca.

Ninguna prenda de su traje distinguíalos en aquel momento del resto de los habitantes de los valles: vestían, en efecto, una toga o túnica talar de lana, algo recogida en la cintura, y no llevaban armas, visibles por lo menos.

—Éste es el Titaquín –dijo Luis Enríquez señalando a Bohórquez y dándole por primera vez este título, correspondiente al de "señor del país", que en otros tiempos usaban los delegados del Hijo del Sol.

—¡Huallpa Inca! –corrigió orgullosamente el aventurero–. Sentaos.

Los indios, sin cambiar una mirada, con misterioso silencio, fueron poniéndose en cuclillas en torno del fogón, contra las paredes de la gruta. Eran una veintena. La llama del hogar les iluminaba los rostros bronceados, haciendo en ellos caprichosos juegos de luz y sombra, y poniéndolos a veces del color de la sangre. La expresión de todos ellos era impenetrable, y Bohórquez se esforzaba inútilmente por darse cuenta de sus sentimientos. Carmen lo animó, acercándosele y haciéndole una seña tranquilizadora.

—¿Quién es esta mujer? –preguntó el Curaca de Paclín.

—Es la Coya (reina) –murmuró Luis.

La conferencia comenzó. Bohórquez consideró hábil y útil ofrecer a los jefes una especie de autobiografía, valiéndose de los datos un tanto confusos que poseía de la historia del Perú, y aprovechó para ello la facundia que le había hecho famoso en cuantos países visitara.

—Huyendo y oculto –dijo entre otras cosas–, perseguido siempre, siempre protegido por mi padre Inti, crecí entre las asperezas de los Andes, inculto y bravío, pero sintiendo en mi interior, junto con la necesidad del mando, la ciencia innata del gobierno. Porque así debe ser el que, como yo, es descendiente directo y heredero forzoso de Manco Capac, el rico en virtudes y poder, que reinó cuarenta luminosos años, de Sinchi Roca, el valeroso, de Lloque Yupanqui, el zurdo, de Capac Yupanqui, de Inca Roca, el prudente, que durante largos años y felices, con el llautu [34] en la frente y el chonta [35] con la estrella de oro en la mano, vieron salir día tras día, el sol por encima de las montañas coronadas de nieve. Porque así debe ser quien, como yo, desciende del gran Yaguar Huacac, el que lloraba sangre, de Ripac Viracocha, que anunció la futura llegada de nuestros nefandos opresores, del noble y denodado Titu–Manco–Capac–Pachacutec, perturbador del mundo, del heroico Yupanqui, que reintegró estas comarcas al imperio, y después de conquistarlas con las armas las vinculó con sus leyes sabias y justas, del padre deslumbrador Tupac Yupanqui, de Huaina Capac, el joven rico, conquistador de Quito y padre del sol de alegría Inti–Cusi–Huallpa, y del traicionado y atormentado Atahualpa, cuya muerte tortura aún el corazón de sus vasallos... Porque así es el sucesor de los desdichados monarcas que no llegaron a reinar, despojados por la usurpación española, el Inca Manco, Sayri Tupac Yupanqui, Tupac Amaru, infeliz, cuya cabeza rodó en el cadalso de Cuzco, clamando la inicua felonía castellana y la terrible venganza de los suyos...

34  *Llautu*: banda tejida o tocado usado por los hombres sobre la frente
35  *Chonta*: especie de cetro hecho de palma (chonta)

Bohórquez calló como embargado por invencible emoción.

Una voz, entonces, acremente sarcástica, brotó de un rincón oscuro, preguntando:

—Y tu, ¿hijo de quién eres?

Era el cacique Luis de Machigasta, el único que hubiera acudido a la conferencia casi contra su voluntad y que estaba casualmente en la comarca: decíasele amigo de los conquistadores.

Al oírlo Bohórquez, se inmutó, y sintió que una nube le pasaba por los ojos. No atinaba a contestar, tartamudeó algo respecto del Gran Paitití, donde había reinado, se refirió a la rama femenina, enredose, en fin, tratando de enredar, y ya los indios levantaban la cabeza y lo miraban sorprendidos y recelosos, cuando el Curaca de Tolombón, jefe de un heroico pueblo, tomó la palabra con apasionada elocuencia.

Él también tenía sus dudas o sus certezas respecto del origen del pretendido Huallpa Inca, pero quizá consideraba que el pueblo calchaquí debía aprovechar aquella oportunidad de volver por sus fueros.

—¡Dejemos —exclamó–, dejemos para más tarde discusiones y averiguaciones que hoy a nada conducen! Los valles proclaman ya con amor y confianza, del uno al otro extremo, el nombre de Huallpa Inca, y no hay en ellos un solo varón que no ansíe el momento de empuñar las armas y seguirlo para destruir, hasta el último, los hombres blancos y barbudos que nos esclavizan, nos aherrojan y nos matan!...

Desde las primeras palabras el Curaca se había hecho dueño de sus oyentes. Bohórquez, considerándose salvado, miró hacia el rincón en que Carmen estaba acurrucada, con una sonrisa de triunfo. ¡En cuanto pasara aquel minuto terrible quedaría ungido Inca, por la fuerza incontrastable de los hechos, y podría tratar como traidores a cuantos no lo acatasen!... El Curaca, entretanto, continuó:

—¡Tenemos que lanzarnos a la guerra! ¡Todos los curacas y caciques de los valles, vamos a mudarnos la flecha de la alianza, para emprender juntos la guerra! ¡Aquí está nuestro jefe, nuestro soberano!... Era lo único que nos faltaba: ¡un general capaz de llevarnos al triunfo!... ¡Porque nosotros no somos guerreros, somos pastores, somos agricultores! ¡Criamos las llamas en las alturas y cultivamos el maíz en el llano que surcan nuestros acueductos, nuestros canales, nuestras acequias, hechos con tanto esfuerzo y tanto arte como los de nuestros hermanos del Perú! Tejemos la lana y el algodón y teñimos las telas con las raíces de la tierra y la savia de los yuyos; fundimos y esculpimos el cobre, curtimos y aderezamos el cuero, labramos la piedra y la madera, modelamos y cocemos la arcilla... ¡Somos pacíficos, somos bondadosos! ¡Vemos en el hombre un igual y un hermano, y si la entrada de nuestras montañas está fortificada, si hemos alzado pucarás, terraplenes y altas y gruesas pircas [36], es sólo para defendernos y defender a los nuestros en caso de inicuo y sangriento ataque!... ¡Ah! pero si somos pastores, si somos agricultores, también sabemos cazar el uturunco (tigre) y el puma (león), sin que la pica tiemble en nuestra mano, ni la flecha se desvíe en su camino, ni los libes caigan antes de alcanzar su presa, ni la piedra de la honda interrumpa su curva mortal, y el guanaco y la vicuña [37] de las cumbres saben bien cuánta es la velocidad de nuestra carrera, lo sigiloso de nuestra marcha, la resistencia de nuestros músculos semejantes a la cuerda tendida del arco. ¡Arriba, pues, hermanos, que estas otras fieras –los españoles ávidos y sanguinarios– caigan al fin, pese a sus formidables armas, arrollados por nuestro número, por nuestra perseverancia, por nuestro valor, por nuestro odio!... ¡Pónganse sus cáscaras de cangrejos de hierro!, la flecha sabrá hallarles la juntura, conducida por la justicia de nuestro empeño... ¡Y si caemos mil, diez mil en la demanda, quedarán diez mil, cien mil para vengarnos! ¡La tierra engendrará nuevos hombres, y la tierra, y la montaña, y los elementos, serán nuestros aliados!...

—¡Yo os haré cañones! –clamó Bohórquez, enardeciendo aún más el entusiasmo, haciendo vislumbrar el triunfo, provocando la admiración de sus secuaces...

Otros caciques tomaron en seguida la palabra, para hacer con elocuencia el proceso de los españoles, que los perseguían, los torturaban, los mataban, los aniquilaban en el trabajo implacable de las minas, desbarataban sus hogares, se llevaban sus mujeres y sus hijas, les arrebataban su religión, sus costumbres, sus creencias...

—Yo, como mis antepasados –prometió el andaluz–, haré respetar los derechos de todos: el suelo fértil se repartirá con equidad,

36   *Pirka:* muro, cerca de piedra con que se rodean corrales o se delimitan propiedades. Proviene de la voz quechua *perqa*
37   *Guanaco: Lama guanaco*, es la variedad salvaje y más grande de los camélidos sudamericanos. Llama (*Lama glama*), alpaca (*Lama pacos*), guanaco (*Lama guanicoe*) y vicuña (*Vicugna vicugna*).

vuestras tierras serán labradas aun antes de las mías, restableceré en todo el imperio el glorioso culto de Pachacamac, el alma del Universo, el Huiracocha, el fantasma misterioso de Inti, el que vierte oro en las lágrimas que llora...

Y así desarrolló un vasto plan que, para los caciques y curacas, era el reverdecimiento de antiguos y ya marchitos esplendores.

—¡Sí, tú eres el Inca, tú el Hijo del Sol! –gritó entusiasta el cacique Pivanti, en cuanto Bohórquez cesó de hablar–. ¡Y yo, de hoy en más, te juro obediencia, acatamiento y amor!

—¡Lo juramos! –repitieron varias voces.

—¡Llévanos ahora al combate y al triunfo! –agregó Pivanti.

En ese momento uno de los machis levantose tendiendo la mano hacia el caudillo, con ademán inspirado y solemne, y con tono profético exclamó en medio de la emoción de los circunstantes, preparados ya por los anteriores entusiasmos:

—¡Mama Quilla te ciñe en este momento la frente con un llautu de luz! ¡Augura un reino de gloria para ti y para tu pueblo!...

Un rayo de luna, en efecto, deslizándose por la boca de la gruta, había envuelto en pálidos fulgores la cabeza del aventurero.

Bohórquez quedaba definitivamente proclamado: la necesidad hacía cerrar los ojos a los más prudentes y astutos caciques, y los mismos machis no lo discutían: más tarde, siempre habría tiempo de examinar sus derechos a la diadema imperial...

Poco después, los indios se retiraron uno por uno, conviniendo en que tomarían las armas a la primera señal. El cacique de Machigasta no se excusó de ello tampoco...

—¡Ya eres Inca! –exclamó Luis Enríquez cuando quedaron solos.

—¡Siempre lo fui, aunque no reinaba! –replicó Bohórquez con altivez.

—¡En fin! –murmuró el mestizo–, si tus proezas tienen que ser narradas por los Amautas y cantadas por los Aravecus, nada importará a tu vasallo tener que derramar hasta la última gota de su sangre...

—Ya lo verás... Ahora, pensemos en marchar mañana mismo a Londres –dijo el aventurero–; allí comenzará a desarrollarse nuestro plan...

# V – EL TESORO DE LOS INDIOS

En las cercanías de Londres y en un rancho abandonado, de paredes bajas, construido con piedras toscas y techado con paja y barro, hallábanse reunidos, pocos días después, Bohórquez, Carmen y Sancho Gómez. Este último había conferenciado ya con el aventurero, y aquella tarde iba a comunicarle que esa misma noche se celebraría la anhelada entrevista con el señor gobernador del Tucumán, don Alonso de Mercado y Villacorta. Nada o bien poco le había costado obtener ese favor, pero su excelencia deseaba que se procediese con sigilo, para no despertar las sospechas de los indios ni provocar las críticas de los españoles.

—En cuanto baje algo más el sol, nos pondremos en marcha para llegar a boca de noche –dijo Sancho.

—Como te plazca.

—¿Iré yo también? –preguntó Carmen.

—Vosotras las mujeres, para ser realmente útiles –observó Sancho–, debéis esperar siempre el momento oportuno...

—Y ése no puede tardar para ti –agregó Bohórquez guiñando los ojos.

Carmen no replicó. Ambos españoles pusiéronse en camino un

rato después, y llegaron a Londres ya de noche, como lo deseaban.

Esta mal llamada *ciudad* de San Fernando de Londres, actualmente Pomán, era apenas una aldea encaramada entre riscos, con pobres casuchas de madera y barro, pero circundada con algunos trabajos de fortificación. Sin embargo su importancia política era grande, pues su jurisdicción –que lindaba por el este con Chile, por el norte con Salta y Bolivia y por el sur con La Rioja– abarcaba unas cincuenta leguas de norte a sur, por otras tantas, más o menos, de este a oeste.

Bohórquez y Sancho entraron en el recinto de la ciudad, cuyos habitantes se habían recogido ya a comer y descansar, y deslizándose entre las sombras, llegaron a un edificio algo mayor y mejor construido que los demás, a cuya puerta se paseaba un soldado, al parecer de centinela.

Éste, al ver a Sancho, como advertido ya de su llegada, dejolos pasar, y después de introducirlos en una pequeña y desnuda habitación con humos [38] de despacho, a juzgar por una mesa con escribanía y legajos de papeles que se observaban en un extremo, se internó en la casa, a anunciar sin duda su presencia.

—¿Éste es el hombre, Sancho? –preguntó poco después, entrando en el despacho, un caballero joven, no mal parecido, de porte airoso y altivo, bigote y perilla, ojos de terquedad y de pasión y tez curtida por las intemperies, que vestía modestamente calzón, chupa y casaca de género oscuro, y calzaba grandes botas de montar.

—El mismo, excelentísimo señor –contestó Sancho.

—Bien, déjanos solos.

Sancho salió. Don Alonso, pues el recién llegado era el gobernador en persona, encarose con el aventurero.

—¿Eres Pedro Bohórquez, o por otro nombre Chamijo o Clavijo? –preguntó.

—Dejando de lado por el momento la cuestión de nombres y apodos, sí, excelentísimo señor –contestó el andaluz con desparpajo.

—¡Hasta aquí ha llegado el rumor de tus hazañas! ¿Qué intriga tejes?

—La envidia y la codicia hanme condenado, pero Dios sabe que soy inocente de cuanto se me acusa –dijo Bohórquez, con fingida hu-

38  *Humos*: pretensiones. *Darse humos*, pretender aparentar importancia

mildad.

—Me han dicho que tienes algo que revelar respecto de minas, huacas [39] y tesoros.

—En cuanto a eso os han dicho la verdad.

—Habla, pues: ya te escucho.

—Vuecencia ha de permitir que me ocupe, también, de otros dos asuntos de la mayor importancia...

—Veamos.

—El uno se refiere a la famosa y misteriosa Ciudad de los Césares... El otro es más grave: tiene que ver con el gobierno mismo de estas comarcas.

—¿Con el gobierno? Supongo que no se te habrá ocurrido tener participación en él...

—No sería demasiado atrevimiento... ¡Un Girón!... Pero vuecencia verá, si tiene a bien darme su venia.

Mercado, que había sonreído al oír el noble apellido de los Girón en boca del andaluz, contestó casi jovialmente:

—¡Pardiez! Habla de lo que quieras, que tiempo de sobra tenemos en estas soledades, y tu charla puede divertirme; pero comienza por lo referente a las minas y tesoros, sin tratar de embaucarme si te es posible, que lo dudo. Ya sabes que te conozco.

—Razón de más para que vuecencia tenga confianza en mí... Pero, ¿conoce también vuecencia la leyenda corriente acerca del cerro de Famatina?

—Sí, algo he oído. Se dice que los hechiceros han encantado ese cerro de tal manera que, aun cuando se vean, desde lejos, resplandecer al sol maravillosas vetas de oro y plata, nadie podrá encontrarlas jamás si antes no rompe el encanto, y que el atrevido que logra acercarse a las minas, es inmediatamente rechazado por súbitas y furiosas borrascas que llegan hasta costarle la vida...

—¿Y vuecencia lo cree? –preguntó Bohórquez con cierta sorna.

—Algo de cierto habrá en ello –dijo gravemente el gobernador–, como lo hay seguramente en el misterio del cerro Manchao, que ruge en cuanto una planta española huella sus inmediaciones.

—Lo que ocurre –prosiguió Bohórquez volviendo a su anterior humildad– es, sin embargo, obra exclusiva de los hombres. Yo lo sé a

---

39  *Huaca*: lugar sagrado

ciencia cierta, porque he vivido mucho tiempo y vivo aún entre los indios. Pero... voy al grano. Es notorio, y está comprobado, que los ministros de los Incas, valiéndose de sus súbditos, sacaban del cerro de Famatina incalculables cantidades de oro y plata... ¿Cómo explicar, pues, que esas minas riquísimas hayan desaparecido de repente y por completo, desde que estas comarcas pertenecen a los españoles? No pueden haberse agotado de pronto, por milagro, sin dejar huellas.

—¿A qué atribuyes ese hecho, entonces?

—Me explico, sencillamente, que los indios han destruido ex profeso los caminos que conducían a las bocaminas, en cuanto vieron que otros se enseñoreaban del país. Y tengo una prueba material y una moral, al respecto. Del otro lado de los Andes, muchas veces, cuando se trataba de enterrar algún noble personaje –ya sabe vuecencia que en realidad no los entierran, sino que los conservan, hasta con comida, para cuando resuciten–, pues cuando se trataba de eso, los indios bajaban con el cadáver y los objetos que habían de sepultarse con él, por barrancos casi a pico, hasta cuevas naturales o artificiales, abiertas en la roca, a grande altura. Y a medida que bajaban con su carga fúnebre iban destruyendo las piedras salientes y las asperezas que les servían de escala, de modo que no podían volver a subir. Llegados a la cueva, depositaban el cuerpo y demás, tapiaban la entrada, y bajaban al valle, cuidando también de borrar completamente ese segundo camino. Hecha la operación, la pared del barranco quedaba lisa como la palma de la mano, y sólo los pájaros podían llegar a la emparedada cueva... Nada costaba a este pueblo, que ha ejecutado obras tan grandes, hacer eso mismo en más vastas proporciones. El camino de las minas de Famatina y de otras cien partes, ha desaparecido así: no lo sé sólo por conjeturas, aunque éstas pudieran bastar; lo sé también por confidencia de los mismos indios...

Don Alonso de Mercado y Villacorta miraba maravillado, casi convencido, al andaluz. La codicia que siempre había dormitado en él, acababa de despertar exigente y avasalladora. Ya le parecía verse dueño de incalculables riquezas, volviendo a España a gozar y triunfar en la corte como un espléndido y poderoso príncipe. Era su secreta ambición, lo único que lo había traído a América, lo único que podía endulzarle aquel destierro, no atenuado por sus aventuras y amoríos, pues, como dice un historiador, "era hinchado de orgullo, déspota en sus dictámenes, corrompido en sus costumbres..."

—Lo que me dices tiene el color de la verdad –murmuró, con la garganta prieta de deseo–. Pero tus antecedentes...

—Son una garantía, excelencia: sólo un hombre diestro y astuto como yo podría imaginar y llevar a término esta fabulosa hazaña.

—Mas, ¿conoces alguna de esas minas?

—No, excelencia.

—¡Entonces!

—¡Pero puedo conocerlas todas, una por una, sin tardanza! Los indios confían en mí... ¡me obedecen! Dentro de pocos días sabré hasta el más oculto de sus secretos. ¡Tendré la llave de sus tesoros, de los inmensos tesoros que millares y millares de indios arrancaban al seno de la tierra, para enviarlos al Inca, el único que podía hacer elaborar el oro y la plata! ¡Y... esa llave es lo que vengo a ofrecer a vuecencia!

—No me basta tu palabra –murmuró Villacorta, vacilante ya sin embargo.

—El que ha encontrado esto, puede conduciros a donde halléis cerros de los mismos minerales –dijo Bohórquez enfáticamente, presentando al gobernador dos muestras, una de oro y otra de plata, que llevaba a previsión en el bolsillo.

—¿Y ese hombre, quién es? –preguntó Mercado examinando las muestras que había tomado con mano ávida.

—Hoy es uno de mis indios, que me pertenece como la sombra al cuerpo. ¡Mañana seré yo mismo, si lo deseo! ¡Ah! ¡pero esto es poca cosa, excelentísimo señor; esto es, de veras, insignificante, parangonado con lo que aún puedo ofreceros! Tengo, en efecto, tesoros de mucha más fácil adquisición, que sólo exigen extender la mano sin necesidad de excavaciones nimanipulación alguna... Sabéis muy bien las enormes cantidades de metal que poseían los Incas; sabéis, por ejemplo, que Atahualpa, tratando de rescatarse, llenó de oro purísimo una habitación hasta donde alcanzaba con el brazo levantado... pero ¿creéis que ese oro y el que se ha llevado a España antes y después, es todo el que poseían y poseen aún los indios? ¿Comulgáis con la conseja de que arrojaron el resto al mar y al fondo de los lagos?...

—¡No! ¡Hay huacas! –exclamó el gobernador, tan deslumbrado

como si tuviera delante todo aquel oro, o como si mirara al mismo sol en pleno mediodía.

—¡No confunda vuecencia! Las huacas son sepulturas, y en ellas habrá joyas y preseas más o menos valiosas, pero en pequeña cantidad. ¡Eso no vale nada! El oro no ha desaparecido allí. Instruídos de su valor como moneda por los primeros conquistadores, queriendo conservarlo y al propio tiempo privar de él a sus enemigos, los indios se apresuraron a ocultarlo en *entierros* especiales, cuyos *derroteros* han venido legándose de padres a hijos. Alguno se habrá perdido y sólo la casualidad hará encontrarlo en los siglos venideros... Sin embargo, los que subsisten y pueden encontrarse hoy, bastarán para hacer palidecer de envidia al mismo Creso...

—¡Dime qué indio sabe uno de esos derroteros, y el potro no tardará en hacérselo revelar!...

—¡Bien convencido está vuecencia de que el tormento es inútil con esos infieles, más duros que la piedra con que hacen la punta de sus flechas!...

—Entonces...

—Captarse su absoluta confianza, conseguir que la revelación de esos secretos sea para ellos una cosa más que natural, obligatoria; ése, ése es el único medio, pues como no poseen la ciencia de la escritura, no tienen documentos indicadores que puedan caer en nuestras manos.

—¡Pero no hablarán nunca! –gritó el gobernador, desencantado y furioso.

Bohórquez sonrió.

—A mí me hablarán –murmuró con falsa modestia, para producir más efecto–. ¡Hace mucho vengo tendiendo una red en que caerán al fin, por poco que vuecencia me ayude!...

—¡Voto va! ¿Acabarás de explicarte?

—Nada más sencillo. Los que hicieron esos entierros fueron los caciques y los curacas de ciertas tribus que sólo han comunicado el secreto a sus descendientes... Pero se hubiesen apresurado a revelarlo a otra persona...

—¿A quién? ¡Habla!

—Al Inca.

—Es verdad: pero no hay Inca.

—Puede haberlo.

—¿Y quién?

—¡Yo!

—¡Tú! –exclamó don Alonso de Mercado y Villacorta con profundísima sorpresa al oír contestación tan inesperada.

—¡Sí, yo!

Después de una pausa efectista, durante la cual el aventurero miró frente a frente al gobernador, agregó:

—¡Y puedo decir con verdad, que estoy a punto de serlo, si es que ya no lo soy!

Mercado calló, perplejo. Meditaba con la impresión del vértigo en la cabeza.

—No sé –dijo por fin– en qué te fundas para hacer afirmación tan atrevida. Pero, quiero preguntarte: ¿qué te propones con eso?

—Ya lo sabe vuecencia: hallar los tesoros.

—¿Nada más?

—¡Nada más! Vuecencia tendrá a bien darme una parte de esas riquezas. ¡Oh! no pido mucho: vuecencia será siempre un potentado al lado mío. Pero con lo poco que me toque volveré a mi tierra a vivir y gozar tranquilo...

Mercado lo miraba de hito en hito sintiendo que la codicia desvanecía sus últimas desconfianzas.

—Pero –continuó el andaluz– aún hay otra cosa de que no he hablado a vuecencia... Podemos llegar a saber la situación precisa de la portentosa Ciudad de los Césares. Me consta que los machis la conocen... Y eso no sería simplemente apoderarse de un tesoro escondido: sería conquistar un maravilloso imperio...

—Ocupémonos ahora de las cosas más accesibles –interrumpió Mercado–. Al hablarme de asuntos del gobierno, ¿aludías a esa posibilidad que dices tener de hacerte Inca?

—En cierto modo, excelentísimo señor. El hecho es que los indios se mueven, complotan en secreto, piensan rebelarse... Si yo los mandara podría impedir la insurrección, o retardarla hasta que el número de los aliados, conversos y súbditos realmente fieles, fuera suficiente para dominar las hordas que se levantaran. Vuecencia sabe cuán difícil sería, hoy por hoy, sofocar una insurrección con los escasos elementos de que se dispone... recuerda sin duda lo que costaron las anteriores... no habrá olvidado que don Juan de Calchaquí estuvo a punto de desalojarnos de estas tierras... En las actuales circunstancias la astucia vale cien veces más que la fuerza... Es decir, nuestra fuerza es casi la impotencia, por poco que los indios acierten a organizarse, a aguerrirse, a adoptar un serio plan de campaña. ¡Son ciento contra uno, vuecencia lo sabe, y resueltos y bravos como leones! ¡Ah! ¡únicamente en la astucia está la salvación, y yo, sólo yo, puedo, con la ayuda de vuecencia, conservar estas tierras a nuestro soberano!...

—Pero, ¿lo puedes en realidad? ¿Te aceptarán los indios por su Inca?

—Os lo repito: ¡me han aceptado ya! Y para ponerme en acción, sólo espero que me deis vuestra venia. ¡Yo tendré quietos a los feroces calchaquíes, yo les arrancaré sus tesoros!...

Dominado, conquistado, embriagado, Villacorta preguntó con voz trémula:

—¿Qué debo hacer para ayudarte?

—Ordenar secretamente a todos vuestros subalternos que no se me moleste, haga lo que haga (preciso me será, en efecto, infundir confianza a mis presuntos vasallos), y que no se moleste tampoco a ninguno de mis secuaces.

Mercado y Villacorta decíase entretanto que tan fabulosas promesas bien valían la pena de hacer una tentativa, y no juzgaba tan descabellado el plan de Bohórquez, en cuanto al sojuzgamiento de los indios, semirrebeldes ya, por medio de la astucia. Así, pues, no discutió más y se entregó al aventurero, pensando que siempre habría tiempo de ponerlo a raya, si las cosas echaban por mal camino.

—Bien –le dijo–. Podrás hacer lo que quieras hasta... ¿qué tiempo necesitas?

—Lo menos tres meses.

—Bien; quedas dueño de obrar como te plazca durante el término de tres meses, al fin de cuyo plazo veré lo que has conseguido. ¡Pero cuida mucho de no desmandarte porque si se te va la mano, horcas habrá, y muy altas, en cualquier sitio en que te encuentres! Ve ahora en paz y tenme al corriente de cuanto ocurra.

—Vuecencia comprenderá que no he de venir yo: sería venderme a los indios que son recelosos y habilísimos en el espionaje, y que quizás ahora mismo nos están observando... vendrá en mi lugar una mujer de mi entera confianza, y en quien vuecencia debe confiar en absoluto también. Se llama Carmen, y es mi... compañera, mi esposa...

—Pues que venga ella.

—¡No olvide vuecencia esas órdenes secretas: de otro modo no arribaremos a nada!

Y Bohórquez, haciendo una profunda reverencia, salió en seguida de la habitación y poco después de la casa a cuya puerta lo aguardaba Sancho Gómez, algo alarmado ya por su tardanza.

—¿Marchan bien nuestros asuntos? –preguntó Sancho.

—A pedir de boca. ¡Serás rico, Sancho! Pero ahora déjame, pues podrían observarnos –contestó el aventurero alejándose en dirección al rancho en que lo aguardaba Carmen.

El soldado, haciendo conjeturas y soñando grandezas, retirose hacia su cubil, a tiempo que un sacerdote llegaba apresurada y sigilosamente a la puerta del gobernador, y entraba después de cerciorarse de que nadie podía haberlo visto.

# VI – EL JESUITA

Un instante después, el nuevo personaje estaba hablando confidencialmente con el gobernador Mercado y Villacorta, en el mismo despacho en que éste recibiera a Bohórquez.

El padre Hernando de Torreblanca, un hombre de cuarenta y cinco años más o menos, de figura varonil y ademanes resueltos, alto y delgado, rostro enjuto y ascético de acentuados rasgos, nariz aguileña, ojos negros que ora brillaban con extraordinario fulgor, ora se apagaban tras de los párpados entornados con mística unción, y labios sutiles en que vagaba una pálida sonrisa que tanto podía ser doliente cuanto irónica. Daba la impresión de un ave de presa, adormecida a ratos. Jesuita, hacía ya años que habitaba y recorría aquellas comarcas, predicando, observando, gobernando quizá: decíase, en efecto, que era inspirador y consejero del obispo Maldonado, quien sólo obraba de acuerdo con él y por su insinuación; que el clero todo de los valles, bastante numeroso ya, sin embargo, le obedecía ciegamente, y que el mismo gobernador Mercado y Villacorta no podía substraerse a su influjo, a pesar de sus ruidosas veleidades de independencia, sus ostensibles pretensiones de gran político, y su aparente afán de desligar lo divino de lo humano, dejando el cielo para los sacerdotes de Dios, y guardándose la tierra para él. Algún aventurero descreído, de los pocos de esta calaña que formaban en sus filas, llegaba hasta decir que el gobernador y el padre Torreblanca se daban por enemigos para entenderse mejor, y lo cierto es que nunca hubo diferencias fundamentales entre la acción del uno y la del otro.

Fuera esto por lo que fuere, el hecho es que el gobernador Mercado y Villacorta contó aquella noche, muy por lo menudo, al padre Hernando, toda su entrevista con el andaluz, para terminar pidiéndole luces y consejo.

—¿Se podrá confiar en ese hombre? –preguntó.

—¡Los caminos del Señor son tan inescrutables! –contestó evasivamente el padre Torreblanca–. Pero –agrego en seguida–, no veo, por ahora, peligro en dejarlo hacer, aunque con la condición de observarlo y vigilarlo cuidadosamente para poder detenerlo a tiempo, si el caso llega. Estos hombres son útiles, si no para otra cosa, para explorar los ánimos... Y los indios se agitan en efecto, con el mayor sigilo, pero no tanto que yo no haya sentido sus palpitaciones. Son, como dice nuestro santo obispo Maldonado, los mayores idólatras que haya en estas Indias... Se fingen cristianos y reciben el agua del bautismo, para continuar en secreto su diabólico culto al sol y a los ídolos... Se fingen sumisos para tramar sus planes con mayor tranquilidad, y dar el golpe sobre seguro... ¡Ah! son tan astutos, que me parece imposible que Bohórquez haya podido embaucarlos, aunque sea el embaidor [40] más diestro que conozco... ¡Eh!, se harán los engañados, quién sabe con qué fin... quizá con el de hacer que nos descuidemos... Ya lo averiguaré... Ahora, en cuanto a las minas y tesoros de que habla... puede que existan y que los descubra, pero me parece difícil... el oro y la plata que había en esta región, eran exclusivamente los trabajados en forma de joyas y ornamentos, que el Inca mandaba de regalo a sus vasallos principales. Lo que de eso quede será indudablemente poco... Ahora, es posible que algunas remesas no se hayan enviado al Perú, como de costumbre, después de llegados los españoles, de temor a que cayeran en su poder... Eso puede haberse ocultado y enterrado. ¡En fin! lo referente a las minas es lo que ofrece más probabilidades de realidad, pero quizá se trate de minerales pobres, sin rendimiento...

—Mirad estas muestras, reverendo padre –dijo Mercado, presentándole las que le había dejado Bohórquez.

40 *Embaidor*: embustero, engañador

—Sí, no son malas, hasta pueden considerarse muy ricas –dijo el padre Torreblanca después de examinarlas atentamente–. Pero pueden ser excepcionales: las muestras son por lo general elegidas entre las mejores. Y, si así fuera, se necesitarían millares de obreros para explotar esas minas.

—¡Hombres es lo que sobra! –exclamó el gobernador–. Ya los hacemos trabajar donde el rendimiento es insignificante; con cambiarlos de sitio, estaría todo remediado.

—En fin, allá veremos. Por otra parte, ¿qué son estos intereses materiales frente a los elevados y santísimos de la obra moral que estamos realizando?... ¿Qué es la conquista de todo el oro del mundo, comparada con el triunfo de la cruz?

Mercado sonrió. La conversión de los indios era cosa, si no del todo indiferente, muy secundaria para él. Su propio poderío, su propia riqueza ocupaban el primer lugar.

Y Bohórquez había conseguido embriagarlo de tal manera, que las prudentes dudas y las atinadas objeciones del jesuita respecto de los tesoros, le parecían harto exageradas para ser tenidas en cuenta. De todos modos, con tal de que el padre Torreblanca no se opusiera a sus intentos... no tenía nada más que pedirle. No replicó, pues: el tiempo se encargaría de descubrir la verdad, y él no perdonaría medio de alcanzarla.

—Entonces, padre –dijo, después de una pausa–, ¿no juzgáis que me haya precipitado tomando una resolución impolítica?

—Lejos de ello, hijo mío, ya lo he dicho: así tendremos un ojo más en el campo enemigo, y eso constituye una inmensa ventaja, sobre todo en las circunstancias presentes, y con adversarios tan astutos y sagaces.

Se levantó de la poltrona en que se había sentado desde el principio de la entrevista, y dirigiéndose hacia la puerta, exclamó con voz vibrante, mientras los ojos le brillaban en la penumbra, más de arrebato que por el reflejo de la luz mortecina del velón:

—Podemos considerarnos en pleno estado de guerra. Vivimos en una comarca resueltamente hostil. ¡En tales condiciones todos los medios son buenos! ¡Sueñas con tesoros, sientes la vulgar ambición del metal precioso! ¡Ah! ¡El tesoro de los indios es la tierra, son ellos mismos!... ¡Y ése ya le tenemos! ¡Ahora, hay que conservarlo!

Volvió a imponer a su rostro la impasibilidad que había perdido un instante, bajó los párpados sobre la hoguera de sus pupilas, pero al salir del despacho todavía repitió:

—¡Hay que conservarlo!... ¡a toda costa!

# VII – EN CAMPAÑA

Desde aquel día Bohórquez y Carmen se multiplicaron, sin contentarse con enviar mensajes y chasques, pues recorrían personalmente pueblos y aldeas en son de propaganda. Luis Enríquez no era ya el representante, sino el compañero y el segundo de Huallpa–Inca. Trabajaban a cara descubierta: el secreto tan admirablemente guardado por un pueblo entero, se abandonaba ya, como inútil. Bohórquez mostrábase públicamente en todas partes, y arengaba al pueblo.

—¡Vengo –decía siempre– a restablecer el bondadoso imperio y la justiciera ley de mis antepasados! ¡Sus nobles máximas serán mi única norma de conducta! –¡Sí! como el gran Pachacutec, os repetiré: "Cuando los súbditos y sus capitanes o curacas obedecen de buen ánimo al Inca, el reino goza de toda paz y quietud. –¡La envidia es una carcoma que roe y consume las entrañas de los envidiosos: el que tiene envidia de los buenos, saca de ellos mal para sí, como hace la araña al sacar su ponzoña de las flores! –La embriaguez, la ira y la locura corren igualmente, sólo que las dos primeras son voluntarias y mudables, y la tercera perpetua. –¡El que mata a su semejante, se condena él mismo a muerte! –¡De ningún modo se deben permitir ladrones, y los adúlteros que afean la fama y la calidad ajenas, y quitan la paz y la quietud a otros, deben ser declarados ladrones! –¡El varón noble y animoso es conocido por la paciencia que muestra en las adversidades! –¡Los jueces que reciben ocultamente las dádivas de los negociantes y pleiteantes, deben ser tenidos por ladrones!"

Y seguía desarrollando éstas y otras máximas dictadas por la sabiduría de los Incas del Perú, y ajustadas al espíritu de los calchaquíes, para terminar su peroración exclamando:

—¡Ahora, decidme! ¿cuántas veces caen los españoles que nos sojuzgan inicuamente, bajo el imperio de estas leyes, y debieran ser castigados? ¿No son ellos los perturbadores, los envidiosos, los llenos de vicios, los torturadores y homicidas, los ladrones, los adúlteros, los jueces venales, arbitrarios y corrompidos? ¿No han merecido cien veces la muerte?

Los indios recibían con entusiasta arrebato estas palabras de condenación. Luego sonreían, cuando Bohórquez, irónico, hacía mofa de la proclamada superioridad de los españoles:

—Pretenden enseñarnos, pretenden "civilizarnos" y lo que hacen es detener nuestra industria, matar nuestra agricultura, hacernos volver a la vida errante, esclavizarnos y embrutecernos con las mitas, el trabajo de las minas, los quehaceres serviles con que nos convierten en bestias de carga. ¿Cuál es su superioridad? La del escarabajo acorazado y fuerte sobre la dulce abeja de nuestros bosques. ¡Ah! ¡pero nosotros tenemos el aguijón: la flecha –y sus corazas no han de bastarle! ¡Pretenden enseñarnos! ¡y las mismas máximas principales de su religión son viejas para nosotros! ¿Quién no sabe que hay un poder más grande que el del sol? ¿Quién no venera a Pachacamac, el espíritu de las cosas? ¿Quién no conoce las palabras del gran Topa–Inca–Yupanqui: El sol no es el hacedor de todas las cosas, y no es libre: es como la res atada que siempre gira en el mismo redondel, o como la flecha que va donde la envían y no donde quisiera?...

Estos discursos subversivos, que fomentaban el orgullo de la raza y el odio al opresor, llegaban a oído de los españoles; pero como éstos no trataban de reprimir y castigar al agitador, obligados a la pasividad por el ávido y ciego Villacorta, alcanzaban un éxito cada día más grande.

—¡Mucho ha de ser el poderío del Inca –pensaban los indios–, cuando nadie se atreve a incomodarlo, aunque diga lo que dice!

Por valles y montañas cundía de este modo la fama y popularidad de Bohórquez, haciendo que de día en día, de hora en hora, creciera el número grande ya de sus parciales. En cuanto a los caciques y curacas, si seguían desconfiando del aventurero, sabían disimularlo admirablemente. ¿No era, por otra parte, el disimulo su mejor arma de defensa bajo la opresión?

Pero Bohórquez, aconsejado por Carmen, no tiraba de la cuerda hasta que se rompiera, y cuidaba de mantener siempre vivas las esperanzas del gobernador. Sin embargo, elemento agitador y perturbador de primer orden, faltábale la vista clara y el cerebro organizado de un gran caudillo: como el niño curioso, era capaz de desarmar una máquina, pero no de armar otra con sus piezas; admirable instrumento si hubiera estado en manos de un hombre genial, resultaba inútilmente destructor entregado a sus propias fuerzas. Carmen no bastaba para inspirarlo y dirigirlo: aunque ambiciosa, inteligente y hábil, faltábale también cultura, espíritu sintético, experiencia... Sin embargo, sabían ver y burlar los peligros del presente, aunque el futuro, hasta el más inmediato, les quedaba completamente en la sombra.

Carmen visitó varias veces a Mercado y Villacorta en nombre de Bohórquez, alucinándolo con nuevas promesas y con la reiteración de las anteriores. El descubrimiento de las huacas y tesoros era cosa inminente... También se tenía la seguridad de reabrir el antiguo camino al Gran Paitití, el reino portentoso a que se habían tirado los Incas con sus ingentes riquezas; la Ciudad de los Césares caería también en sus manos... Pero había que tener paciencia, esperar, captarse la absoluta confianza de los indios...

El noble caudillo se prendó de la mestiza, siguiendo su natural inclinación a los devaneos, y al verla embellecida por sus nuevas galas. –Carmen no desdeñaba la coquetería, y aprovechó su cambio de posición y los presentes con que se la colmaba en todas partes, como a la Coya esposa del Hijo del Sol. Y la gracia, el despejo y los favores de la joven, no influyeron poco para que fuera alargándose indefinidamente el plazo perentorio de tres meses concedido al andaluz pa-

ra el descubrimiento de los tesoros y huacas –concesión muy acerta-
da al parecer, pues a pesar de sus discursos, el falso Inca mantenía la
paz entre los indios, que acataban visiblemente su autoridad... Es de
observar que, después del primer período de violenta agitación, Bohórquez, sin abandonar su táctica revolucionaria, la complementó
aconsejando no ya sólo el secreto, sino también una fingida y com-
pleta sumisión a los españoles, aun con aparente detrimento suyo.

—¡Inca él! –exclamaban los indios aleccionados, allí donde pudieran oírlos–. ¡No tenemos más Inca que el rey de Castilla y de
León!...

Esta estratagema fue adormeciendo a los españoles, a quienes el
verano abrasador no tardó en amodorrar del todo, dejándolos en la
dulce indolencia a que los invitaba el clima, inclinaba el carácter, y
arrastraba la molicie de la vida, con tantos siervos encargados de aten-
der a sus necesidades.

En cambio, los indios perseveraban entusiastas en el sigiloso trabajo que iba rodeando y envolviendo a sus enemigos en una telaraña
cada día más apretada y resistente. Los chasques, las humaredas, te-
níanlos en comunicación rápida y continua. Telegrafiábanse por medio de los *humos*, de pueblo en pueblo y de tambo (posada) en tambo,
siempre al corriente de todas las noticias y con el mismo propósito li-
bertario. Su silenciosa y universal actividad, armonizaba con el des-
cuido español, universal y silencioso también.

# VIII – EL NUDO DE LA INTRIGA

El único que no dormía en el campo de los conquistadores, aunque tampoco hiciese el menor ruido, era el padre Torreblanca. Recorría los valles, so pretexto de mansa evangelización, observando y escudriñándolo todo, y como si esto no bastara, muchas gentes astutas y hábiles estaban por él encargadas de informarlo. Servíase –como lo confiesa otro sacerdote, aunque no de la misma orden– "de algunas indias viejecitas, buenas cristianas y españolizantes, que todos los días y con diversos pretextos, repartíanse en varios rumbos, sin dar sospechas –porque son muy finas y solapadas, con perfecto disimulo saben introducirse donde quiera como seres invisibles, y penetran los más ocultos secretos". Los otros jesuitas coadyuvaban a la acción del padre Torreblanca. Por indicación de éste, y después de una excursión informativa, el padre Eugenio de Sancho escribió al gobernador Mercado y Villacorta, poniéndolo sobre aviso, desde el pueblo de Santa María de los Ángeles, en el valle de Jocavil. La carta, fechada el 13 de abril de 1657 –diez meses después de la secreta entrevista de Bohórquez con el gobernador–, comunicaba a éste, que "el general" (que así también comenzaba a llamarse al aventurero) había llegado casi en brazos de los curacas que, al saber su presencia en Choromoro, corrieron desolados en su busca. De Choromoro –continuaba el fraile–, "con alborozos y regocijos extraordinarios, le condujeron al pueblo de Tolombón, y de allí a los demás pueblos del valle, festejándolo y aclamando su llegada, como lo hubieran hecho con uno de sus antiguos Incas, cuya sangre reconocían en él"...

No dejó de alarmarse Mercado, pues la carta, aunque circunspecta, iba encaminada a ello, y envió un emisario a Bohórquez, llamándolo a su presencia. Como de costumbre, Carmen acudió solícita, con sus mejores galas y más eficaz hechizo. Y el estribillo se repitió:

—Vuecencia no debe extrañar lo que acontece –dijo resueltamente a Villacorta–. Es lo previsto y convenido de antemano, sin variante alguna. Los curacas recelan todavía –¡y hay que confesar que con razón!... Si no logramos desvanecer hasta sus últimas dudas –a lo que va encaminado cuanto hace Bohórquez–, jamás sabremos dónde ocultan sus tesoros.

—¡Pero yo sé dónde ocultas tú los tuyos! –exclamó a esta sazón Villacorta, ya tranquilizado, deteniendo a la mestiza, que aparentemente quería retirarse, pero a quien su antigua profesión de *pampayruna* tenía ya curada de espanto, pese a su amor por Bohórquez...

A la mañana siguiente, y cuando Carmen salía de casa del gobernador, hallose de manos a boca con Sancho Gómez.

—¡Hola, buena moza! –gritó sarcásticamente el soldadote, fingiendo buen humor–. ¡Parece que se madruga!

—Es la costumbre –replicó la mestiza sin turbarse.

—Poco ha de costar, cuando se duerme entre sábanas de Holanda y... en buena compañía.

—No sé lo que quieres decir –contestó Carmen, mirándolo bien al entrecejo con ojos de desafío.

Sancho Gómez se encolerizó:

—Lo que quiero decir es que se olvida demasiado a los amigos –dijo con voz reconcentrada.

—¿Y eso?

—Y que los amigos pueden revelar muchas cosas al gobernador: entre ellas, que el Inca no es Inca, ni Bohórquez Bohórquez, y que cierto Chamijo o Clavijo...

41  *Panpa runa*: o *Panpa warmi,* voz quechua, "Prostituta"

—Todo eso se lo dijiste ya –contestó Carmen, fría como el hielo–. Huelga la amenaza.

—Puedo repetirlo a los padres...

—Lo sabían antes que tú.

—¡Lo diré a los vecinos!

—¡Los vecinos obedecen, no mandan!

—¡Lo proclamaré a los indios!

—Ya es público y notorio... ¿Qué más quieres decirme, Sancho Gómez?

El soldado tirose desesperadamente el bigote y las barbas, mordiose los labios y por último consiguió rugir:

—¡Sois un par de bribones!

—No faltarías tú para el terno, si quisiéramos –dijo la mestiza encogiéndose de hombros y alejándose de Gómez que quedó masticando entre espumarajos la posible y dulcísima venganza...

Las cosas siguieron, pues, el mismo curso, y Mercado solía olvidar la intriga del falso Inca descubridor de tesoros, distraído por sus continuos viajes, en uno de los cuales el obispo fray Melchor de Maldonado y Saavedra quiso abrirle los ojos con sensatas y agudas palabras:

—¡Me consta –le dijo– que los hijos de los valles calchaquíes no amaron ni conocieron al Inca, sino sujetos con cadenas! ¡Menos lo reconocerán muerto, hijo mío! ¡Convéncete: aunque sepan que todo esto es fábula, quieren servirse de ello contra nosotros!

Don Alonso hizo algunas objeciones, balbuceó distingos... El obispo, desalentado, le contestó con una de las frases latinas que tanto prodigaba:

—*Quos vult perdere Jovis dementat prius!*

Pero si Dios enloquece previamente a los que quiere perder, la verdad es que Mercado –tanto como el mismo Bohórquez– tenía la mano forzada por los acontecimientos que provocara sin saberlos prever. Ya no era tiempo de volver atrás. La red tendida por los caciques y curacas, aprovechando la aventura del andaluz, abarcaba el país entero, desde Córdoba hasta Humahuaca (cabeza de ídolo), desde el Chaco hasta los Andes. Las poblaciones, nómadas de nuevo, después de adquirir mayor grado de civilización –y cuando ya eran agricultoras y manufactureras– a causa de persecución y tiranía de los conquistadores, habían vuelto a ser, por consiguiente, más aptas para el oficio de la guerra, y sus hombres de armas tomar comenzaban a dedicarse al merodeo, asaltando chasques y desvalijando viajeros... La creciente inseguridad de la campaña hacía que en ciudades y pueblos se viviera con el Jesús en la boca, y que los falsos rumores, las alarmas infundadas, los sobresaltos y las agitaciones no tuvieran tregua... ¡Un paso en falso podía, pues, precipitar el estallido de la rebelión latente, de la sublevación inevitable... salvo la augusta y suprema voluntad de Bohórquez, Huallpa Inca!...

De regreso a Londres, el gobernador volvió a llamar al aventurero. También esta vez acudió Carmen, pero con instrucciones precisas.

—Todo está a punto –dijo a Mercado–. Los indios no recelan ya, pero antes de entregarse por completo al Inca ponen una condición...

—Dila.

—Quieren un triunfo aunque sea parcial sobre la autoridad española, para creer en la de Bohórquez...

—¿Y qué triunfo puede ser ése? –exclamó Mercado con irritación.

—No se trata de nada tan difícil como vuecencia parece creerlo.

—¿Un triunfo de sus armas? ¡No lo consentiré mientras aliente!

—¡No hay tal necesidad! Que vuecencia le reconozca como Inca, y que por tal le reciba oficialmente en Londres, rodeado de su corte de curacas.

El gobernador dio un paso atrás ante la enormidad de la exigencia.

—Lo consultaré –murmuró al cabo de un rato de profunda cavilación.

La mestiza insistió, adulando:

—Vuecencia resolverá... ¡Él es el más sabio, y sus resoluciones siempre las mejores!

—¡Debo consultarlo! –repitió don Alonso.

Carmen, como si recordara un punto incidental y secundario, murmuró:

—El día que el Inca sea reconocido, los curacas revelarán a quien él señale, la situación exacta de varias minas y tesoros: lo han jurado por Illapa, el dios del rayo, ¡y no faltarán a tan terrible juramento!..

Villacorta vacilaba, perplejo.

—Quédate unos días en Londres, y te contestaré –dijo por fin–. ¡Tengo que consultarlo, debo consultarlo... no puedo obrar de otro modo!

—Vuecencia tiene de su parte el saber, la autoridad y... la responsabilidad misma. A nadie sino a vuecencia incumbe esto; nadie, sino vuecencia, puede resolver...

—Quiero consultar, meditar –contestó el gobernador, casi vencido–. Sea como sea no dejes de venir esta noche.

—¿Tendré la respuesta favorable?

—¡Eh! de algo hablaremos, en cualquier caso.

Cuantos consultó Mercado al día siguiente, hijosdalgo y gente de chupa corta [42], soldados y religiosos, se mostraron contrarios al pedido de Bohórquez, protestando de todo convenio con el falso Inca, y declarando que ya se había ido demasiado lejos en el camino de los desaciertos comprometedores. El anciano capitán don Pedro de Soria y Medrano –cuya descendencia vive y brilla aún entre nosotros–, caballero venerable, de consejo e influencia, fue el más resuelto condenador de Bohórquez.

—Por mucho que confiéis en ese titiritero –dijo a Mercado, entre otras cosas–, siempre será un personaje de feria. ¿Y no comprendéis que puede verse, y se verá sin duda, en el caso de elegir entre la muerte ominosa del traidor, infligida por los indios, o la insurrección contra el poder de España, que es traición también, pero cuyo castigo sería siempre más tardío? ¡Los hombres de su estofa no vacilan: eligen el camino de su seguridad, aun a costa de dejar en él su honra hecha jirones!...

Carmen volvió a la carga sin desmayo, y tanto hizo, de tal modo embriagó al gobernador con fantasmagóricas evocaciones de grandeza, riquezas y poderío, que éste, a despecho de todos los consejos y todos los vaticinios, acabó por decirle:

—¡Bien! ¡Que Bohórquez aguarde! Mañana me marcho a Rioja y Córdoba, pero antes de mi regreso le enviaré un propio [43], señalando el día de la recepción... ¡Tal es mi voluntad, pues no quiero que la envidia me detenga en mi camino!

En este juego de intrigas, falsedades y corrupciones, los indios no se habían dejado embaucar tampoco sino en apariencia, y sabían

42  *Gente de chupa corta*: gente común del pueblo
43  *Propio*: loc. criado. también el correo que de a pie se despacha con una carta importante.

positivamente quién era Bohórquez, pero lo consideraban inapreciable instrumento de sus fines, como lo viera con ingenua sagacidad el obispo Maldonado, y con ojo de cóndor el padre Torreblanca, quien decía para sí, tras del *divide ut imperes*, algo menos clásico pero exactísimo en la circunstancia:

—La sublevación es inevitable, pero con un jefe como Bohórquez, necesariamente fracasará. Ahí no hay cabeza sino labia y audacia. Bueno es, pues, que el mando quede a este charlatán, embaidor e ignorante... Dará coces al aguijón... Y aunque perezcamos en una de ellas... la obra se salvará.

Y el padre Torreblanca no se opuso nunca al engrandecimiento del andaluz; pues, en definitiva, los frailes fueron quienes conquistaron América para España...

En suma, Bohórquez trataba de embaucar al propio tiempo a los indios y los españoles; el gobernador Alonso de Mercado y Villacorta quería servirse de los indios, los españoles y Bohórquez; los indios se esforzaban por utilizar a Bohórquez, el gobernador y los españoles, por consiguiente, hasta hallarse en buen pie de guerra y el padre Torreblanca, que veía esto tan evidente cual si estuviera impreso en su breviario, pensaba que todo ello redundaría fatalmente en la grande obra de que era silencioso e importantísimo colaborador.

Pero, en cambio, si don Alonso y Bohórquez estaban ciegos, los astutos curacas veían tan claro como el jesuita: no en vano estaban hechos al gobierno de hombres tan listos y disimulados, no en vano soñaban también con una grande obra. Sus espías estaban en todas partes, hasta en el seno mismo de las familias españolas, hasta en los cuarteles y cuerpos de guardia, en el presidio del Pantano, en los fuertes: ¡qué! hasta en los consejos, hasta en el propio gabinete del gobernador.

"Porque —como dice un historiógrafo— no hay raza que aventaje a estos indios en astucia, actividad, disimulo y unión; y cosas he visto que me hicieron suponerlos, más que hombres, duendes, si existiesen éstos".

Servirse de Bohórquez, valerse de sus conocimientos tácticos (pues como español debía poseerlos, a juicio de los indios), apoderarse de las armas de fuego que sin duda sabría procurarlas, y mantener dormidos y confiados a los conquistadores; tal era su plan, cuyos preliminares no tardaron en comenzar a cumplirse.

Cierto día, en efecto, llegó a Bohórquez un mensajero comunicándole que en la primera quincena de julio sería solemnemente recibido en Londres por el gobernador Mercado y Villacorta, con todos los honores debidos a su rango. Los chasques comenzaron a cruzar la campaña, convocando a curacas y caciques; los humos de antemano convenidos, trasmitieron en pocas horas la noticia, del uno al otro confín del Tucumán, y Bohórquez no tardó en verse en Andalgalá, donde estaba, rodeado por numerosa corte, representativa del pueblo entero.

Con ciento diecisiete caciques púsose en camino, pero en Pilciao, otro enviado del gobernador le pidió, en nombre de éste, que se detuviera allí, hasta tanto se terminaran los preparativos de la recepción, que eran grandes y exigían tiempo.

Una semana entera permaneció la corte incásica alojada regiamente en Pilciao por cuenta de la corona de Castilla y de León...

# IX – LA RECEPCIÓN DEL INCA

Mercado y Villacorta, entretanto, había llegado de Córdoba a Londres reventando caballos y tomando por el terrible atajo de Quilino –tumba de tantos viajeros audaces– sólo por ganar unas cuantas horas.

Una vez en Londres organizó fiestas realmente fastuosas para el lugar y las circunstancias, citó más que invitó a cuantos hidalgos y sacerdotes habitaban en las cercanías, convocó a los vecinos de Rioja y al valle de Catamarca, y retiró ochenta soldados del presidio de Andalgalá, para que sirvieran de guardia de honor.

Por fin, el 30 de julio de 1657, Bohórquez y su séquito llegaron pomposamente a la vista de Londres. Mercado salió al encuentro del falso Inca, vestido de gala, a caballo, con numeroso cortejo de hidalgos, capitanes, clero, soldados y pueblo. Éste se aglomeraba en torno de los señores, vitoreando unos al Inca, otros al gobernador, pero fraternizando indios y españoles. Tuvieron que desandar cerca de una legua para volver a la ciudad, adornada con banderas, follaje, bordados y colgaduras, como para una procesión del Corpus. Una vez allí, frente a la iglesia, Bohórquez dio un golpe de efecto que llevaba preparado, y que desarmó muchas resistencias: algunos indios provistos de tijeras, acercáronse a los curacas que, fingidamente sumisos, se dejaron cortar las largas melenas –acto que en otros tiempos bastara por sí solo para provocar una sangrienta y larga insurrección, y que en aquel momento era un soberbio ardid para bien de la causa india y adormecimiento de los españoles...

—¡Ay! –exclamó amargamente el obispo Maldonado que presenciaba la ceremonia– ¡estribar en que se cortan los cabellos, cuando todos los días se los cortan!...

La comitiva entró luego en la iglesia, entre vítores de pueblo, para asistir a las solemnes vísperas de San Ignacio celebradas por los padres jesuitas Torreblanca, Eugenio de Sancho y Patricio Perea. El Inca ocupó, como sitio de honor, un almohadón del lado de la Epístola, junto al altar, y terminada la función religiosa fue acompañado hasta su alojamiento en el Cabildo por el mismo Mercado y Villacorta, los sacerdotes, los notables, la milicia, el pueblo...

Comilonas, aloja y chicha a discreción fueron aquella tarde y noche obsequio para los huéspedes y vecinos alborozados, cuyo entusiasmo ficticio subió de punto, y desde el día siguiente hubo fiestas y algazaras, que los cronistas exageraron después a porfía, sin temor al anacronismo, y equiparándolas por lo menos a los festivales que en aquella época se celebraban en la misma corte de los cristianísimos reyes de Castilla y de León.

Pero no es menos cierto que indios y españoles rivalizaban en demostraciones de satisfacción y fino amor de respeto, aunque probablemente con reservas mentales de una parte y otra.

Y mientras la gente de túnica y la de chupa corta se entregaban a la alegría y a la chicha de maíz, remojando los grandes bocados de patay [44] y otros manjares del tiempo y la región, en el Cabildo de Londres comenzaron las solemnes conferencias en que Bohórquez representaba, solo, al pueblo calchaquí, reuniones que presidía el gobernador de Tucumán, don Alonso de Mercado y Villacorta, asistido por su secretario, don Juan de Ibarra Velázquez, y a las que concurrían con voz y voto, Su Señoría Ilustrísima fray Melchor de Maldonado y Saavedra, los ya citados jesuitas, el cura Aquino, del Valle de Catamarca, el licenciado don Cristóbal de Burgos, doctrinante de los naturales, el licenciado presbítero don Pedro de Villafañe, el vicario y

44  *Patay*: voz quechua, torta de harina de algarroba negra.

juez eclesiástico del Valle Viejo, maestro don Nicolás de Herrera, los capitanes don Pedro de Soria Medrano, Juan de Ceballos Morales, Oliver, el teniente don Francisco de Nieva y Castilla y otros hidalgos y vecinos principalísimos de Londres, Rioja, Santiago y Valle de Catamarca.

El gobernador inició las conferencias diciendo que la exaltación de Bohórquez era no sólo la mejor, sino quizá la única garantía de paz en tan comprometidos momentos; que los españoles no lograrían sojuzgar a los naturales si éstos se rebelaban, y que, en cambio, el falso Inca podía mantenerlos quietos, y lo que es más, obligarlos a convertirse a la santa religión católica, abandonando su infidelidad e idolatría...

Bohórquez abundó en razones análogas: declaró que su único conato era establecer de una vez para siempre el imperio de la Santa Cruz. Pero cuidó de evocar acto continuo la embriagadora fantasmagoría de los tesoros, las minas y las huacas. Conquistó, arrebató, enloqueció a gran parte de su auditorio. Sin embargo, no logró amordazar todas las opiniones contrarias, a despecho de Villacorta. Y cuando se trató de su reconocimiento como Inca, la discusión llegó a ser acre y violenta.

—¡No cabe vacilación! –gritaba el gobernador– puesto que ese título dado a este hombre nos abre todos los caminos, afirma la paz, nos entrega los indios. No dárselo es declarar la guerra... ¡Y la guerra es nuestra muerte!

—No hay más Inca que Su Majestad el rey de León y de Castilla –vociferó el anciano capitán don Pedro de Soria y Medrano–. ¡Dar ese título a otro hombre cualquiera, es hacerse reo de lesa majestad, cometer el delito de alta traición!

Esto enfrió un tanto a los partidarios del reconocimiento, pero Bohórquez supo tentarlos otra vez. Sin embargo, cuando hablaba de los inmensos beneficios que la religión alcanzaría, el modesto cura Aquino lo desconcertó con esta interrupción:

—¿Y cómo se quiere, puesto que este hombre no es Inca, alzar sobre una notoria mentira la majestad de la divina Verdad?

Pero, aprovechando el helado silencio que esta objeción ingenua y perentoria había producido, el padre Torreblanca inclinó el platillo, murmurando entre un suspiro, y de modo que se le oyera:

—¡Por todas partes se va a Roma!

Esta oportuna imitación del célebre *Paris vaut bien une messe*, decidió el triunfo del codicioso gobernador y el audaz aventurero. La asamblea, aunque por escasa mayoría, resolvió lo siguiente:

"Pedro Bohórquez volvería al valle de Calchaquí, para fomentar con su enorme prestigio el progreso de la religión cristiana y de la monarquía, y en compensación se le daba, en nombre del gobierno de Su Majestad, jurisdicción de teniente gobernador, Justicia Mayor y capitán de guerra, y se le permitía usar el título de Inca y sus insignias y vestiduras".

Realmente indescriptible por lo profundo y silencioso fue el regocijo de los indios: ¡tenían una cabeza visible, un lazo vidente de unión! Y su entusiasmo subió aun de punto cuando el gobernador Mercado y Villacorta envió a Bohórquez un traje espléndidamente bordado, procedente del Perú, un llautu de oro coronado por el sol, y el chonta de mando con el símbolo de Chasca, ¡el Lucero! ¡Tanto pueden las apariencias... aunque en este caso las apariencias tenían una invisible pero enorme base de realidad!

Bohórquez, entretanto, siguiendo la comedia, hizo que varios curacas dieran al gobernador falsos derroteros de huacas y tesoros —uno de ellos precisamente en un pueblo adicto al español, para unir la burla al engaño. Mercado se contentó por el momento con esos datos al parecer positivos y mandó practicar excavaciones...

La despedida del falso Inca fue tan espléndida como su recepción. Bohórquez triunfaba, sin mirar al día siguiente. Sólo pasó un momento amargo cuando ya iba a salir de Londres.

—¡No hay huacas, señor don Pedro —le dijo el obispo Maldonado, dándole a besar el anillo— y los tesoros que nos han de dar son flechas!...

# X – EN LA PENDIENTE

Enríquez no había asistido a las fiestas de Londres, y Carmen las presenció, fue sin llamar la atención de nadie ni tomar parte activa en ellas. Pero cuando Bohórquez salió de la ciudad, volvieron a reunirse los tres, Carmen con la aparente impasibilidad de costumbre, el andaluz enorgullecido y pomposo, Luis inquieto.

Bohórquez acabó por notar la preocupación de su segundo y le preguntó:

—¿Qué tienes? ¿en qué piensas?

—En algo muy grave –contestó solemnemente el mestizo–. Tengo una misión para ti...

—¿De quién?

—De los curacas y caciques.

—¿Qué piden?

—No piden nada. Declaran que ha llegado el momento de prepararse y lanzarse a la guerra.

Bohórquez palideció, mirando a Carmen, silenciosa.

—¿Desde cuándo –exclamó por fin– los vasallos envían a sus soberanos declaraciones que son órdenes?

—Desde que los soberanos mandan sólo en virtud de compromisos contraídos.

—¿Y si yo no hiciera caso de esa declaración?

—Quizá te fuera en ello la vida.

—¿Es esto una amenaza? –gritó Bohórquez.

—¡Es! –contestó fría y lacónicamente Enríquez.

El andaluz se estremeció, pero aún acertó a balbucir:

—¡No olvides en tu insolencia que nuestra ley condena también a muerte a los traidores y a los blasfemos del Sol y del Inca!

—Soy mandado –replicó Luis, más bien corroborando que retirando la amenaza.

Cuando quedaron solos, Carmen aconsejó a Bohórquez:

—Plegarte a su voluntad es el único camino que te queda –le dijo–. Los españoles van a reclamarte los tesoros ¿y qué piensas que harán, cuando no se los des, como no puedes dárselos? ¡Sin la guerra, o te asesinan los calchaquíes o te ahorcan los españoles: no tienes escape, pues en último caso, los mismos indios te entregarían! ¡Con la guerra, es otra cosa! Contando con millares de partidarios, puedes triunfar, consolidarte, ser Inca de veras, y en las circunstancias peores, negociar con Villacorta, sacar ventajas para ti, para mí, para los tuyos, y retirarte en seguridad y con riquezas...

—¿No sería mejor marcharse, huir de aquí? –tartamudeó Bohórquez aterrado ante el cuadro que se ofrecía a su vista.

—¡Demasiado tarde! ¿Y a dónde irías? ¿Al Perú, a Chile, donde te aguardan la cárcel o el cadalso? ¿A Buenos Aires, en que te alcanzaría la venganza de Villacorta? ¿Al Chaco, donde nos moriríamos de hambre?...

—¡Qué fatalidad! –murmuró el aventurero, entreviendo por primera vez la magnitud de la empresa que había acometido, sin luces ni carácter para coronarla.

—¡Ten ánimo! –insistió Carmen–. La guerra es el mejor partido, y quién sabe aún todo lo que ganaremos con ella.

Ésta fue su constante prédica durante la nueva campaña que emprendieron de pueblo en pueblo, hasta llegar a Tafí, de modo que cuando el padre Torreblanca acudió apresuradamente a pedirle una entrevista en dicho punto, Bohórquez estaba ya más entero y pudo asistir a ella con su habitual desparpajo e insolencia.

A las primeras frases del jesuita que le pintaba con vivos colores la conflagración del país, donde cada día se producían choques sangrientos, asaltos, saqueos y hasta verdaderos combates de que lo hacía único culpable y responsable ante Dios y los hombres, el andaluz replicó, lleno de altivez:

—¡Perdonad, padre, pero no tengo cuenta que daros!...

El hábil sacerdote, viéndolo todo perdido, aún halló medio de contemporizar, halagando la vanidad de aquel pobre hombre que parecía tener en su mano los destinos del reino, y le arrancó el consentimiento de una conferencia con el gobernador.

Ésta se celebró poco después, y como para demostrar más la debilidad de Villacorta, vuelto en sí de sus sueños de riqueza, y el ensoberbecimiento del Inca y los suyos, el primero asistió con sólo tres personas de su comitiva, y Bohórquez con un gran estado mayor de curacas y caciques. Pero afectó sumisión y docilidad, en cambio. Prometió seguir manteniendo la paz, mientras de él dependiera, y como Villacorta le enrostrara el abuso de llamar caciques y curacas a consejo, sin autorización suya ni asistencia de los Justicias españoles, aseguró formalmente que no volvería a hacerlo.

—¡Y vamos ganando tiempo! –se dijo.

Nada adelantaba con eso, sin embargo, y debió pensar que "perdía tiempo", pues no tenía que esperar recursos ni refuerzos de afuera, al revés de lo que pasaba a los españoles, que podían recibirlos del Perú o del mismo Buenos Aires. Aquél, por el contrario, hubiera sido el momento de obrar: todo el pueblo calchaquí estaba con las armas en la mano, pronto a la primera señal, y juríes [45] y diaguitas rivalizaban en celo y entusiasmo.

El gobernador se retiró sin haber hecho alusión a los decantados tesoros: ya estaba dolorosamente convencido de que iban a darle flechas, como decía el obispo...

Bohórquez, siempre irresoluto, no tardó en tener un motivo más de perplejidad y temores, que Carmen no pudo desvanecer. Uno de sus innumerables espías le llevó una noticia aterradora: Sabedor el virrey del Perú de su coronación, e indignado contra tan locos y comprometedores procederes, acababa de enviar al gobernador Mercado,

---

45  *Juríes*: de *xuri*, voz quichua que significa ñandú, denominación que dieron los españoles a los nativos que vestían con una especie de taparrabos de plumas de avestruz. La región de Santiago del Estero era conocida como de "Los Juríes", pero en realidad los pueblos que allí habitaban eran Lules y Tonocotés

orden formal y perentoria de tomar a Bohórquez vivo o muerto, y enviar a Lima, bajo segura custodia, su persona o su cabeza.

Bohórquez se refugió sigilosamente en Tolombón, el sitio que más se prestaba a la defensa, en el corazón del valle Calchaquí, y a 1.600 metros de altura, rodeado de quebradas misteriosas e inaccesibles cerros, y centro de un pueblo de valerosos guerreros y diestros cazadores.

Tolombón fue rápidamente fortificado con macizas pircas de piedra que rodearon el pueblo, en cuyo centro se alzó una vasta casa, para habitación del Inca, la Coya y su corte. Hiciéronse grandes provisiones de grano y animales. Todas las huayras [46] del pueblo y sus cercanías ardían fundiendo hachas y puntas de flecha, que los indios mojaban luego en jugo de *ccora* (cizaña) para comunicarles la mágica virtud de acobardar y hacer huir al enemigo. Aguzábanse en la piedra las puntas de las lanzas de chonta [47] que, como desgarraban los tejidos al herir, dilacerando las carnes, los españoles creyeron siempre envenenadas. En las chozuelas consagradas a templos de los dioses del trueno y del rayo, había siempre centenares de flechas clavadas en el suelo, formando cerco, que rociaban con sangre de guanaco, y luego se llevaban, seguros de haberles comunicado mágico y terrible poder.

—¡Dije que os daría cañones! –exclamó Bohórquez cierto día–. ¡Pues voy a dároslos!

Hizo ahuecar con gran trabajo cuatro gruesos férreos troncos de guayacán [48], que retobó luego con cueros frescos y a los que puso sunchos de cobre y hierro. Tales eran sus cañones, que realmente hicieron fuego en los ensayos, pero que debían resultar inútiles por su poco alcance y su resistencia casi nula.

Completaba estas precauciones un servicio notabilísimo de observación y espionaje, que no dejaba escapar chasque ni mensajero de los españoles, por hábiles y astutos que fueran. Así supo la insostenible situación de Mercado y Villacorta, tan precaria que con un fácil golpe de mano –que Bohórquez no se atrevió a ordenar– los indios se hubieran apoderado de él y de los pocos soldados fieles que le quedaban. Tan graves eran las circunstancias, que el Deán y Cabildo del Tucumán escribieron pidiendo ayuda al Presidente de la Real Audiencia de Charcas, y para convencerlo de la urgencia le decían: "De los

---

46  *Huayra*: la voz quechua en realidad significa aire o viento. Fogón es *quncha*
47  *Chonta*: *Aiphanes aculeata*, variedad de palma
48  *Guayacán*: *guaiacum colteri*, árbol muy frondoso, de hasta 13 metros.

ciento veinte hombres que sacó el gobernador de las ciudades de arriba, sólo le quedan sesenta: los demás se han ido por hallarse desarmados, hambrientos y mal gobernados, y temiendo perecer. En las demás ciudades, pasa lo mismo".

La autoridad española era ilusoria en toda la región y casi hasta en la misma imperial Potosí, donde se gritaba: "¡Viva el Inca, mueran los mitas [49]!" —sublevándose contra la pesada y tiránica contribución personal, y en tal forma que los ministros del rey, temerosos de un estallido, pusieron fuerte guardia en las lagunas para evitar que los indios soltasen las aguas y destruyeran la ciudad, como les había aconsejado Bohórquez.

Éste, entretanto, lejos de aprovechar la coyuntura, pasaba en Tolombón una vida de príncipe relajado, entre concubinas y compañeros de orgía, triunfantes antes de haber luchado, y sin hacer caso de las conminaciones de Carmen, las que atribuía tontamente a sus arrebatos de mujer celosa. Restableció el antiguo culto al Sol, y cumplía con sus ritos, ceremonias y sacrificios, con la gravedad de un saltimbanqui metido a sacerdote. Un día mandó construir un altar de piedra, acercose a él solemnemente, rodeado por el pueblo lleno de unción, puso sobre el ara un manojo de flechas, hízose una herida en el brazo y salpicando con su sangre el altar y las armas, gritó con sacro entusiasmo:

—¡Odio eterno al usurpador blanco! ¡Guerra a muerte al español!

Luego, entre aclamaciones, hizo una libación sagrada con chicha de algarroba (aloja) y postrándose con todos los suyos ante las flechas, las adoró...

Estas ceremonias teatrales no dejaban de producir impresión en los indios, tan numerosos, que los guerreros, solos, alcanzaban a dos mil quinientos...

---

49  *Mita*: Servicio gratuito y forzoso de las mujeres en la casa del párroco y las autoridades. En Perú y Bolivia se practica la *mita* o *mitani* de trabajos forzados en la mina desde la época precolombina. Se mantuvo en la Colonia, hasta su abolición por el real decreto de 1720.

# XI – LA GUERRA

El ensoberbecido Bohórquez no permanecía ya encerrado en Tolombón; hizo muchas excursiones más o menos lejanas, y una de ellas a visitar a los quilmes, formidables guerreros cuya ciudad constituía una verdadera fortaleza. Afectaba la forma de un sector, cuyos dos radios eran las dos paredes de una quebrada, altas e inaccesibles. Las laderas de estas montañas estaban reforzadas por parapetos y otras obras de defensa. Un acueducto construido en el mismo cerro, a considerable altura, llevaba, desde muchas leguas, el agua necesaria para el abastecimiento de la población. Todas las calles concurrían al centro de la quebrada, formando radios interiores del sector –disposición admirable, pues en caso de retirada ante el enemigo, el mismo retroceso de las fuerzas aparejaba su concentración–, como dice uno de los historiadores del Tucumán.

También fue a Famatina, donde los habitantes de Machigasta lo recibieron con singular entusiasmo, menos el cacique Luis, ganado a la causa española por el cura Herrera y Guzmán, y a quien el falso Inca trató de hacer asesinar, recordando la desconfianza por él manifestada cuando el comienzo de la insurrección.

Al bajar de Machigasta a Valle Vicioso, cumplió a Enríquez una de sus promesas, haciéndolo proclamar general en jefe de sus ejércitos: de ese modo el mestizo podía estar seguro de que se haría la guerra. Después, numerosos indios lo siguieron procesionalmente a Tolombón. En cambio el cacique Luis de Machigasta, justamente irritado ante la frustrada tentativa de asesinarlo, corrió en busca del gobernador, para revelarle los planes de su enemigo.

—¡Bohórquez –dijo el cacique– se ha comprometido con todos los caciques del Tucumán, y va a lanzarse inmediatamente a la guerra!

¡Ay! ¡Harto lo sabía Mercado y Villacorta! Harto, también, comprendía su impotencia, cuando no había intentado siquiera apoderarse del taumaturgo, por la fuerza o por la astucia, y aunque hubieran vuelto a llegarle del virrey del Perú nuevas y más imperativas órdenes de prenderlo o matarlo...

Pero, entre la espada y la pared, resolviose a hacer lo que fuera humanamente posible. Por lo pronto ordenó al teniente Nieva y Castilla que reforzara el presidio del Pantano, y construyera un nuevo fuerte español en Andalgalá, ya famoso por las obras hidráulicas de los indios, así como por sus construcciones, especialmente las militares, y para tal empeño diole apenas veinte hombres mal armados del valle de Catamarca. Mandó, por otra parte, al capitán don Juan de Ceballos Morales que con su escasa tropa vigilara la frontera de San Miguel, por Tafí y Choromoros, y pidió en seguida fuerzas a Rioja, al Perú, a los que tenían y a los que no tenían...

Luego pensó en sorprender a Bohórquez en alguna emboscada, y para lograrlo mandolo invitar a una conferencia en la que se hablaría de las minas y de la conversión de los indios... Bohórquez contestó sencillamente que estaba enfermo. Mercado enviole entonces dos representantes para tratar la paz. Bohórquez los desairó, dejándolos plantados mientras se hacía conducir en andas hacia el ara que había erigido al Sol, en la que sacrificó vestido de Inca...

Villacorta invitolo entonces por tercera vez y en términos que significaban una conminación. El falso Inca, comprendiendo que desairarlo esta vez equivaldría a una franca declaración de guerra, reunió su consejo y le expuso lo que ocurría. Sólo se alzó la voz de un anciano curaca, sintetizando la opinión de todos los demás.

—¡Precisamente, la guerra es lo que queremos! –dijo–. ¡Pero ten entendido que si asistes a esa conferencia, te declaras vencido sin combatir y correrás la suerte de los vencidos!

La invitación fue rechazada, y Mercado no pudo por entonces vengar la nueva afrenta: falto de tropa, sin municiones, rodeado de gente desalentada, descontenta de él, no le era posible lanzarse al asalto de Tolombón. ¿Y cómo hacerlo, cuando apenas si contaría con cien hombres mal armados para hacer frente a un ejército –pues tanto había crecido– de cinco mil indios valerosos, resueltos, fanatizados?...

Pero salió de Londres al frente de un miserable grupo de soldados. No se sabía dónde iba, y los vecinos de la ciudad comenzaban a exclamar con sarcasmo, creyendo que huía:

—¡Qué Villacorta! ¡Villadiego será!

La frase amarga y cruel se hizo popular, y hasta fue convertida en coplilla que siguió repitiéndose mucho tiempo:

Lo que le importa
es huir del fuego,
a Villacorta
de Villadiego....

Todos los caciques recibieron y aceptaron en aquellos días la flecha de la alianza. Los humos dieron la señal de guerra. Temiendo todavía la influencia de los jesuitas, o puede que por un resto de piedad, Bohórquez despachó a los padres Eugenio de Sancho y Patricio Perea de sus misiones de San Carlos y Santa María, con el pretexto de que fueran a pedir indulto para él. En cuanto se marcharon, los indios asaltaron, saquearon e incendiaron las solitarias misiones...

Ya en plenas hostilidades, y para infundir mayor entusiasmo a los suyos, Bohórquez hizo correr la voz de que los franceses sitiaban a Buenos Aires, y que los españoles de Calchaquí saldrían a defenderla, dejándoles completamente libre el campo.

En seguida envió quinientos hombres sobre el fuerte de Andalgalá, haciéndolos apostar en una "angostura" estrechísima hacia Londres, para impedir el paso al capitán Nieva y Castilla, que contaba apenas con ochenta hombres. Quinientos mandó a Salta, a atacar al gobernador que se suponía allí. Quinientos tenía en Tucumanhao. Más de mil envió a las fronteras del Tucumán, vigiladas por el capitán Ceballos Morales, quien con más arrojo que cordura los atacó y fue derrotado, teniendo que dejar el paso libre a los indios que llegaron a devastar las estancias de Choromoros...

Londres estaba abandonado, mientras los calchaquíes paseaban sus armas triunfantes por Choromoros y Acay, mientras las poblaciones de Tucumanhao, Abimanao, Ampache y Aquingasta, rechazaban denodadamente el formidable ataque de los españoles mandados por el capitán Arias Velázquez, y mientras el gobernador, con sesenta soldados apenas, permanecía indeciso y perplejo en la quebrada del Escoype...

Los machis, para enardecer del todo a los guerreros, les recordaban que las estrellas más resplandecientes eran los espíritus de los curacas muertos, y prometían igual suerte a cuantos cayeran combatiendo por la independencia y libertad de su suelo. Y mientras los indios cobraban mayor confianza cada vez, los españoles tenían la derrota por segura, con tanta mayor razón cuanto que, para disimular sus pérdidas, los indios recogían y ocultaban sus muertos aun en lo más recio del combate, y las balas parecían resultar inútiles...

Por fin, siguiendo el consejo del padre Torreblanca, que no lo había abandonado en tan terribles emergencias, el gobernador Mercado y Villacorta se resolvió a salir de la quebrada y fue a ocupar el fuerte de San Bernardo, que en 1634 construyera el gobernador Albornoz, a tres leguas de la ciudad de Salta...

# XII – EL FUERTE DE SAN BERNARDO

La situación de Villacorta en San Bernardo era comprometida, por falta casi absoluta de municiones, aunque el fuerte fuera lugar estratégico de primer orden, elegido en la rebelión anterior para proteger la retirada de los pulares.

El fuerte ocupaba la punta que forman los dos brazos de un río que llega del rumbo de los Lipes, y que tendría dos cuadras en su parte más ancha. Dominaba unas altísimas barrancas, inaccesibles a pie y a caballo, salvo unos pasos muy estrechos. Los brazos del río volvían a unirse a dos tiros de escopeta. El fuerte, pues, edificado en la parte superior, estaba defendido en la parte inferior por las barrancas y una muralla de pirca o piedra sin argamasa, de vara y media de alto.

La obra, sin embargo, estaba deteriorada, y del edificio principal sólo quedaban las paredes de dos frentes. Mercado, con sus hombres, acampó, pues, entre la casa y el parapeto, levantando sus tiendas en ese espacio, sin reforzar la defensa.

El padre Torreblanca hizo construir una capilla de ramas y paja seca, para decir misa y mantener con sus sermones el buen espíritu de la soldadesca.

El temor de un asalto en esa situación, sin municiones, y cuando los espías anunciaban que Bohórquez y su gente iban moviéndose hacia Salta, se convertía ya en pánico, cuando un mensaje de dicha ciudad llevó la feliz noticia de que acababa de llegar gran cantidad de botijas de pólvora, así como plomo para balas y cuerda o mecha para los arcabuces, enviada por el Presidente de la Real Audiencia de la Plata, don Francisco Nestares Marín, a indicación del maestro de campo don Pablo Bernárdez de Ovando, quien le había pintado la situación harto amenazada de los españoles en los valles calchaquíes.

Villacorta pidió que se apresurara el envío de parte de esas municiones al fuerte de San Bernardo, e hizo bien, pues al propio tiempo de éstas, el 22 de septiembre de 1658, llegó un explorador con la noticia de que el enemigo se había acercado y acampaba en los próximos pueblos de los pulares.

—¿Los manda Bohórquez? –preguntó Villacorta.

—No he podido saberlo, pero vienen con algún jefe importante, pues son muchos.

—¿Cuántos?

—Más de mil.

Villacorta llamó a Sancho Gómez.

—Ponte a la cabeza de diez hombres a caballo, y ve a explorar lo mejor que puedas el campo enemigo.

Gómez obedeció inmediatamente, soñando en la venganza que maduraba desde que lo abandonó Bohórquez. En el fuerte sólo quedaron setenta hombres.

Para Mercado, el ataque era inminente, así es que tomó al punto las medidas y disposiciones del caso. Puso diversos centinelas en puestos avanzados, encargando a Juan de Tobar un punto a inmediaciones del bosque.

A regular distancia, defendidos por las asperezas, y en conveniente altura, situó algunos arcabuceros, buenos tiradores, y distribuyó los menos diestros y valerosos en posiciones no tan expuestas.

Cayó la tarde en medio de la expectativa general, y llegó la noche, silenciosa y oscura. Villacorta estaba intranquilo; su porvenir –después de tantos errores– se jugaba definitivamente en ese momento.

Para hacer mayor su angustia, las horas pasaban y Sancho Gómez y sus soldados no volvían... Tenían que haber sido derrotados y hechos prisioneros por los indios...

En medio de la noche, Villacorta fue a buscar al padre Torreblanca, que descansaba en la improvisada capilla.

—Reverendo Padre –le dijo–: se acerca la hora de mi muerte y quiero comunicaros mis últimas disposiciones, y ponerme en paz con Dios por vuestro intermedio.

—¿Por qué esos presentimientos, hijo mío?

—Porque si no rechazamos a los indios, saldré de este recinto para morir matando, ya que ése será el único medio de...

—Confía en la Divina Providencia y no te abandones al desaliento.

—No me abandono, padre, pero oídme: Aquí, detrás de la capilla, está atado mi alazán. Es un gran caballo que en poco tiempo puede poneros en Salta, y que no alcanzará nadie que os persiga. Si soy derrotado, si veis que los nuestros cejan, montad y partid sin mirar atrás. Aquí tenéis las llaves de mis escritorios de papeles, cédulas y negocios de importancia, que entregaréis a mi sucesor.

Entregole, en efecto, las llaves y luego agregó:

—Examinad mis cartas y papeles particulares y quemad todo aquello que creáis oportuno. ¡Fío en vuestra prudencia y generosidad: que mi memoria no quede empañada ni comprometida!

—Así lo haré, hijo mío.

—Ahora, padre, oíd mi confesión.

# XIII – EL COMBATE

El campamento estaba sumido en las tinieblas y el silencio, y Juan de Tobar seguía montando la guardia, cuando a eso de la una de la madrugada pareciole oír el rumor de unas ramas que se quebraban en el bosque, a pocos pasos de distancia. Escuchó, trató de sondar las tinieblas con ojos dilatados por el pánico, y convencido de que alguien andaba entre los árboles, hizo fuego con su arcabuz hacia donde se escuchaba el ruido. Tres disparos le contestaron, silbando las balas cerca de su cabeza; Tobar arrojó el arma, y convencido de su muerte segura, echó a correr hacia el lado opuesto del campamento.

La alarma estaba dada, y todos los españoles pusiéronse en pie, ocupando sus puestos de combate.

Villacorta salió corriendo de su tienda, apercibido a la lucha, embrazando la adarga y empuñando la espada, y cubierta la cabeza con una montera escarlata para que lo reconocieran los suyos, mientras en los alrededores se escuchaba el creciente tropel de los indios que sitiaban el fuerte en número considerable, que no era posible calcular en medio de las sombras.

Después de los tiros, en la campaña y entre el bosque sonaron trompetas, caracoles, atabales [50], tambores y pingollos [51], aumentando el temor y la expectativa de los sitiados con la evidencia de que enfrente se hallaba un formidable ejército. Luego, todo calló, y el silencio reinante parecía una terrible amenaza...

Villacorta puso en cobro [52] las armas y el real estandarte, dando a los de a caballo la orden de tener sus monturas prevenidas, dictando las últimas instrucciones y haciendo proceder al reparto de municiones en abundancia.

Los indios, entretanto, aunque bien informados a su juicio de la situación del fuerte y sus defensores, no se atrevían a atacar en medio de las tinieblas. Bohórquez estaba a su cabeza, lo mismo que Luis Enríquez, y ambos habían recibido de un espía la comunicación de que Villacorta no tenía pólvora para sus soldados. Por esto resolvieron sitiar el fuerte, abandonando el primer plan de Enríquez, quien había dicho a Bohórquez:

—Limitémonos por ahora a los combates parciales, y en terreno descubierto, donde las flechas pueden luchar con menos desventaja contra las armas de fuego, y donde el número lleva más probabilidades de vencer. Necesitamos arcabuces, pues no tenemos más de cuatro o cinco, y de ese modo podremos tomarlos de los españoles muertos.

Este plan, ejecutado con precisión y perseverancia, hubiera centuplicado el poder de los indios. Pero Bohórquez estaba lejos de ser un general que abarcara una situación compleja, e impulsado por las circunstancias aparentemente favorables y por la especie de demencia que se había apoderado de él, lanzose sin reflexión a los hechos decisivos... Confiaba sobre todo en la falta de municiones en que creía a Mercado y Villacorta, y de la que dio conocimiento a su gente en la arenga con que animó al ataque.

Los indios, dando absoluto crédito a la palabra de su jefe, llegaron aquella noche casi a tocar con el pecho las pircas de San Bernardo...

Así, a boca de jarro [53], comenzó el combate al amanecer. El padre Torreblanca, refugiado en la capilla, rezaba en voz alta oraciones

50  *Atabal*: tamboril
51  *Pingollo*: instrumento musical de viento (quena) de un agujero inferior y 5 superiores, de 25 a 45 cm de largo
52  *Cobro*: el lugar donde se asegura o guarda algo. Poner en cobro, poner a resguardo seguro
53  *A boca de jarro*: sin medida o tasa (beber a *boca* o a *pico de jarro*)

latinas, entre los estampidos de los arcabuces. Una nube de flechas, partiendo del campo de los indios, caía dentro del recinto del fuerte, y hasta sobre la misma capilla; tan cerca estaban los tiradores, en cuyas filas hacía estragos el plomo español, sobre todo el de los arcabuceros aguerridos que, desde las alturas y tras de sus adargas [54], disparaban de mampuesto [55], sin errar blanco.

Los soldados bisoños hacían fuego por aspilleras [56], resguardados tras de las pircas y aunque inexpertos, no fueron menos eficaces, pues –como dice un historiador– "echaban en los arcabuces más carga de la necesaria, y sufriéndola los cañones por ser muy reforzados, daban alcance más allá de los indios, y las balas llegaban donde estaba oculto y dando órdenes Bohórquez, quien se vio obligado a retirarse mucho para asegurar su persona".

Los indios no cejaban, lanzábanse a pelear por *mangas* [57], pero los españoles los mantenían a raya, después de haberlos hecho retroceder fuera del alcance de los arcabuces, y donde las flechas eran completamente ineficaces. Villacorta, viendo que los proyectiles no causaban daño a los defensores del parapeto, aumentó su número para hacer mayor el estrago en las filas enemigas, en las que cundía el desaliento, cuando una grave peripecia fue a infundirles nuevos bríos...

Estaba distribuyéndose pólvora de una botija y junto a la capilla en que se hallaba el padre Torreblanca, cuando una chispa del taco de un arcabuz incendió la pólvora que, explotando con terrible estampido, comunicó el fuego al techo de paja, e hizo que el jesuita se pusiera en salvo precipitadamente.

Al oír el estruendo, Bohórquez gritó a los suyos:

—¡Se les ha quemado la única pólvora que tenían! ¡Son nuestros! ¡Al asalto!

Los calchaquíes se lanzaron como fieras sobre las pircas, pero una terrible descarga sembró la muerte entre ellos, obligándolos a retroceder... Villacorta en persona, junto con sus ayudantes, distribuía municiones con toda diligencia... Los españoles hacían un fuego furioso. Los indios, pasada la primera confusión, volvieron a la carga como leones...

Uno de ellos trepó a la pirca, desafiando las balas y dando ejem-

---

54  *Adarga*: escudo de cuero ovalado o con figura de corazón
55  *Mampuesto*: mod. de prevención. Mampuesto, el material con que se ejecutan las obras de mampostería
56  *Aspillera*: apertura larga y estrecha que se hace en un muro para disparar contra el enemigo, metiendo por ella el cañón del fusil
57  *Manga*: partida poco numerosa de tropa escogida

plo y paso a los suyos. Ya estaba en lo alto, ya iba a penetrar en el recinto inexpugnable... Y entró en él, pero rodando con una bala en pleno corazón. Un mestizo que militaba con los españoles se precipitó sobre el cadáver y momentos después, cantando victoria y entre un coro de vítores de los suyos, exhibía a los indios, clavada en la punta de una pica, la sangrienta cabeza del héroe.

No tardaron en alzarse otras cabezas destilando sangre, como terribles trofeos e implacable amenaza. Ya sabían los indios que los españoles no daban cuartel, y el desaliento volvió a cundir con mayor intensidad entre ellos, tanto más cuanto que todo su heroico esfuerzo parecía resultar inútil: "tanta flecha –dice un historiador– habían arrojado, que en el campamento se hizo fuego con ellas para cebar mate", y sin embargo el número de los españoles y sus mortíferas descargas no parecían disminuir...

Pero lo que determinó el espanto de los indios fue el inopinado regreso de Sancho Gómez y los suyos, que se creían muertos o prisioneros. El soldado –poniendo en planta una estratagema que pudo costarle la vida, pero que dio a sus armas la victoria–, después de examinar la situación por medio de exploradores, deslizose hasta el camino de Salta, y por él se precipitó con los suyos hacia el fuerte, a rienda suelta.

Los indios que vieron aquel pelotón de jinetes envueltos en un torbellino de polvo, no dudaron que se trataba de un grueso refuerzo español enviado de Salta, y consideraron segura su pérdida.

Bohórquez, presa de espanto, pues ya se veía pendiente de una horca, se dio a precipitada fuga sin ordenar siquiera la retirada.

A pesar de los esfuerzos, las órdenes, las súplicas de Luis Enríquez, que había combatido como un héroe, los calchaquíes recogieron apresuradamente sus muertos y heridos, dejando sólo ocho cadáveres en el sitio más batido por las balas, y se dispersaron ocultándose en el bosque y en las asperezas del terreno, tres horas después de comenzada la batalla. Los españoles no se atrevieron a seguirlos, e hicieron bien, pues en campo raso hubiera cambiado mucho el aspecto de las cosas. Sancho Gómez y sus diez jinetes entraron triunfantes en el fuerte, entre los vítores entusiastas de sus compañeros. El padre Torreblanca invitó al gobernador y a los soldados a rendir gra cias al Altísimo y a la Virgen del Valle, pues era evidente que sólo un milagro había podido darles la victoria... Y como milagro, rodeado de maravillosas circunstancias, comenzó a narrarse ésta, poco después...

Los españoles tenían diez heridos de flecha, y uno o dos muertos, según dijeron más tarde. Uno de los heridos era el secretario del gobernador, don Juan de Ibarra Velazco, y otro el soldado de a caballo Mateo de Frías, que más tarde llegó a capitán, lo mismo que Sancho Gómez.

Los fieles de la Virgen del Valle dicen que, cuando Bohórquez se hallaba en los campos de Pucará, al frente de los feroces calchaquíes que mandaba, los indios vieron la imagen de Nuestra Señora que, puesta delante de los pocos españoles, los defendía de los infieles ataques. La intervención de la Virgen, según la misma leyenda, hizo poner en fuga a los indios sublevados, que llegaban al número de 20.000. Agrega que el chasque enviado por los españoles a Tucumán, en demanda de refuerzos, fue atacado por los calchaquíes, que no pudieron hacerle daño ni impedirle el paso, porque la Virgen acudió personal y visiblemente a protegerlo, abriéndole paso.

Dice también que en aquella oportunidad un gallardo y hermoso joven, con preciosas vestiduras blancas, coleto, broquel y plumas en el sombrero, montado en brioso caballo blanco y empuñando una espada fulmínea, atropellaba con increíble agilidad y fuerza las hordas de infieles, sembrando en ellas la muerte y el espanto: era indiscutiblemente el Arcángel Gabriel, mandado por la santa Virgen del Valle. Así atacados, los indios de Bohórquez no tardaron en darse a la más vergonzosa fuga, siendo perseguidos por el puñado de españoles, cuya pérdida hubiese sido segura sin aquella intervención sobrenatural... Lástima que la mitología tenga tan poca inventiva y que se reproduzcan tanto y tan exactamente estos poemas religiosos, desde los primeros años de la historia...

Luis Enríquez, entretanto –ligeramente herido–, se había precipitado tras de Bohórquez, a quien alcanzó a una legua del lugar del combate, a tiempo que un grupo de calchaquíes, indignados y sedientos de venganza contra él, se preparaban a asesinarlo.

Enríquez tuvo que interponerse y hasta echarse a la cara el arcabuz, para salvarle la vida. Pero la señal estaba dada, el prestigio del Inca amenazado y vacilante, su existencia misma en peligro... Así lo insinuó el mestizo al charlatán, arrastrado por la elocuencia y la facundia a hechos para los que no estaba preparado.

—¡Hay que perseverar o morir! –díjole Enríquez sin embargo.

Cuando se reunieron con Carmen, que los aguardaba en un caserío de aquellas inmediaciones, la mestiza, instruida de la derrota y de la vergonzosa fuga de Bohórquez por algunos indios dispersos que se le habían adelantado, arrojose en brazos de su amante.

—¡Pedro, Pedro! –exclamó–. ¡Vámonos de aquí! ¡No quiero grandezas que puedan costarte la vida!

Bohórquez se estremeció, pues así pensaba él también... Enríquez miró a la india y al andaluz con soberano desprecio.

—¡Ah! ¡Si yo fuera el falso Inca! –pensó–. Pero este *uritu*... (papagayo).

# XIV – ENTRE DOS FUEGOS

Carmen curó la herida de Luis Enríquez con agua de tusca [58] y otras hierbas medicinales, y los tres fueron a refugiarse en una de las muchas aldehuelas abandonadas que había entre las breñas [59], pues sabido es que no sólo se despoblaban los valles por la invasión de los españoles, sino que también los indios acostumbraban cambiar con cierta frecuencia sus habitaciones, por lo que es hoy tan difícil calcular el número exacto de los calchaquíes.

La aldea, o más bien, las ruinas de la aldea, estaba en una altura, edificada en redondo, con pirca de piedras sueltas, y cercada de cardones [60] y árboles espinosos. Allí durmieron, al abrigo de cualquier sorpresa, lejos como se hallaban de todo camino transitable. Cuando despertaron, el sol estaba alto ya.

—¿Qué hacemos aquí? –preguntó Enríquez–. ¡Vamos en busca de nuestros hermanos!...

—Ve tú –replicó Bohórquez–, y envíame algunos guerreros leales, pero en quienes yo pueda confiar de veras, para que formen mi guardia y me sirvan de mensajeros si es preciso. Tengo que meditar lo que conviene hacer en estas circunstancias...

—¡Meditar, meditar! –refunfuñó el mestizo–. ¡Lo necesario es

58  *Tuska: Acacia Aroma*. Una variedad de arbusto espinoso que suele alcanzar porte arbóreo. Frutos en forma de vaina alargada. Se le denomina también "aromo".
59  *Breñas*: tierra quebrada entre peñas y poblada de malezas
60  *Cardón: Pachycereus pringlei*, variedad gigante de cactus

obrar!...

Sin embargo, se marchó, en parte para cumplir los encargos de Bohórquez, en parte –y la principal–, para ponerse en contacto con los indios, cuyo único general era ya, probablemente... Bohórquez sentíase presa de horrible desaliento: su pobre cabeza de hablador y titiritero no podía abarcar el problema y hallarle una solución. Sólo pensaba en escapar: en escapar de los indios..., en escapar de los españoles.

Estaba entre dos fuegos: los calchaquíes, aunque dispersos y desmoralizados, lo matarían si lo encontraban en la inacción: los españoles, ansiosos de dar un terrible ejemplo, lo ahorcarían irremediablemente si llegaban a ponerle la mano encima. ¡Cuán lejos estaba el hábil embaucador que mareara y embriagara a Mercado y Villacorta con sus sueños de tesoros y conquistas! ¡Cuán lejos el elocuente jefe que prometía a los indios la victoria y la independencia! ¡Apenas si, entre aquellas ruinas de un pasado que no renacería jamás, quedaba el miserable Pedro Clavijo, el sobrino del gitano bellaco que lo trajo a América, el ahijado del ventero [61] de la Quinga, el saltimbanqui jugador de manos y fullero, cuyas andaluzadas lograron embaucar a otros, pero no enaltecerlo a él, ni darle corazón ni talento!...

—Yo creo –tartamudeó aquel guiñapo [62] de hombre, dirigiéndose a Carmen, después de larga meditación–, yo creo... que lo mejor sería pedir indulto...

—Pídelo –contestó la mestiza, aterrada también por el porvenir que se desarrollaba ante sus ojos.

—Ve a pedirlo, yo te aguardo aquí.

—¿A quién? –dijo Carmen, siempre abnegada y sumisa, dispuesta a sacrificarse cuantas veces se lo pidiera su amante.

—Al gobernador Mercado... Él no te niega nada.

—¡Voy! –contestó la mestiza, poniéndose en pie, y envolviéndose en su manto.

—¡No! ¡Espera! ¿Piensas dejarme solo? –dijo aterrado Bohórquez, tan pusilánime cuanto altivo se mostrara en la grandeza.

Carmen se volvió a sentar, y así pasaron las horas en silencio.

Por fin llegaron varios indios a ponerse a las órdenes del Inca, y Carmen partió.

El cerebro de Bohórquez trabajaba sin descanso, aguijoneado por

---

61  *Ventero*: quien tiene a su cargo una "venta", casa usualmente en lugar despoblado a la vera de un camino para comerciar con los viajeros
62  *Guiñapo*: andrajo o trapo roto

la zozobra. No pudo comer de las provisiones que le llevaran los indios, y a cada instante se asomaba por las pircas, como si Carmen pudiera regresar tan pronto, o como si temiese algún ataque de sus enemigos. Los indios, armados de flechas y hondas, cuchicheaban entre sí, mirando a su jefe: pero no era por hostilidad; se preguntaban, sencillamente, ¡qué gran plan estaría madurando el Hijo del Sol!...

Así pasó un día. Así pasaron dos... Al tercero apareció Carmen, demudada, rendida de fatiga.

—El gobernador no puede indultarte –dijo.

—¡Cómo! –exclamó Bohórquez aterrado.

—¡No puede! Dice que tiene órdenes formales y terribles del virrey para prenderte y enviarte a...

—¡Antes moriré peleando! –gritó aquel pusilánime con un resto postrero de energía.

—Pero –agregó la mestiza–, Mercado añade que puedes pedir ese indulto a las autoridades superiores, y que él...

—¿Y que él? ¡Acaba!

—Que él puede concederte una tregua, mientras llega ese indulto o su negativa, si te comprometes a que los indios permanezcan entretanto tranquilos.

El rostro de Bohórquez se iluminó. ¡Aquello era la salvación o poco menos! En seguida despachó un propio a Mercado y Villacorta aceptando todas sus condiciones, bajo juramento, y otros a Chuquisaca y a Lima, solicitando su indulto, y diciendo que, una vez retirado él, no habría más guerra en Calchaquí...

Pero no contaba con Luis Enríquez. Éste había logrado reunir algunos restos dispersos de su ejército y se preparaba a continuar la guerra, con Bohórquez o sin él. Cuando supo –los indios lo sabían todo– los pasos que estaba dando el andaluz, precipitose a su escondrijo.

—¡Se dice que has pedido el indulto! –exclamó encarándose indignado con el Titaquín.

—¡Es verdad! Ya te hice comunicar que estamos en tregua. He pedido indulto para mí, para ti, para nuestros soldados.

—¡Yo no necesito indulto! –gritó Luis–. Eres un traidor, y merecerías morir como un traidor... Pero no quiero matarte, por esta mujer que vale más que tú... En cuanto a la tregua... –agregó bajando la voz y con actitud todavía más amenazadora.

—¿Qué piensas hacer? –balbució Bohórquez aterrado.

—¡Ya lo verás! ¡Apróntate para las consecuencias!

—¡Luis! ¡Luis! ¡No me traiciones! –suplicó el andaluz.

—¡Y tú te atreves a hablar de traición! –dijo Enríquez sonriendo por rara excepción y como prueba de supremo desprecio.

Luego, dirigiéndose a Carmen:

—Adiós, Carmen –dijo–; ten valor, pues lo necesitarás –y desapareció más que se retiró entre los matorrales y los riscos.

No tardó Bohórquez en conocer el significado de aquella amenaza. De todas partes le llegaban noticias aterradoras: Enríquez, con cien guerreros valerosos, había bajado por Tafí a la frontera de Tucumán e invadido el fuerte que custodiaba el capitán Juan de Ceballos Morales, haciendo gran estrago. Los españoles atribuían a Bohórquez aquel golpe de mano.

Entretanto, un destacamento de quinientos hombres, que también se decía mandado por el andaluz, sitiaba el fuerte de Andalgalá, defendido por el capitán Nieva y Castilla, mientras en la campaña se mataba, se incendiaba, se asolaba todo, interceptando convoyes de víveres, chasques con instrucciones, destacamentos pequeños de soldados...

Enríquez se multiplicaba, parecía estar en todas partes, enardecer a todos, conflagrar la tierra –del uno al otro extremo–. La guerra, sin Bohórquez, resultaba más terrible aún, porque era dirigida por un corazón valiente, y por una cabeza más robusta aunque de menos brillo exterior.

En la frontera de Rioja, y alrededor del valle de Famatina, los indios comprometidos preparaban un terrible golpe de mano, esperando solamente para su ejecución la llegada de Enríquez.

Intentaban sorprender, tomar y saquear la ciudad de La Rioja, caer en seguida de improviso sobre Londres, casi desamparada en aquellos momentos, y enseñorearse del país... Bohórquez lo supo merced a la indiscreción de uno de los pocos indios que aún lo veneraban, y para captarse la benignidad de los españoles, hizo llegar sigilosamente la noticia al gobernador de Rioja, don Diego Herrera y Guzmán. Traición tras traición, en serie interminable...

Herrera obró con el vigor y la rapidez que las circunstancias exigían. Reunió a media noche cuantas fuerzas pudo, armando hasta ancianos y mancebos, salió de la ciudad a marchas forzadas, y dos horas después de amanecer, cayó como un rayo sobre el descuidado pueblo de Anguinan, foco sin embargo de la insurrección, y tomando prisioneros a los caciques e indios, sin dejar a sus mujeres y a sus tiernos hijos, los rodeó de soldados en un fuerte, resuelto a hacer matar a todos, sin dejar uno, a la primera amenaza de afuera o de adentro... Así se salvaron Rioja, Londres y Andalgalá...

Entretanto, el virrey del Perú, conde Alba de Lista, había escrito al gobernador Mercado y Villacorta un oficio comunicándole que en vista de la necesidad de pacificar los valles calchaquíes, el real consejo otorgaba indulto a Bohórquez y sus partidarios, con tal que el caudillo se retirara del teatro de la guerra y las autoridades españolas tuvieran la evidencia de que así lo hacía. El pliego era llevado por un oidor del Perú, en persona, e iba acompañado de una carta confidencial...

Por intermedio de Carmen, que iba a menudo a buscar noticias del indulto, el padre Torreblanca, en nombre del gobernador, se puso de acuerdo con Bohórquez para tener una secreta entrevista con él.

Terrible fue aquel momento para el andaluz. El indulto no se le otorgaba sino a cambio de su libertad, única garantía suficiente para los españoles de que no volvería a agitar el país, apaciguado en apariencia, después del golpe de mano de Anguinan.

—Tu encarcelamiento será momentáneo –dijo el persuasivo padre Torreblanca–; estarás en Salta, en buenas condiciones, hasta que se te pueda pasar al Perú, de donde seguramente se te embarcará para Europa. ¡Basta de aventuras tan terribles, hijo mío! ¡Sólo la Santa Virgen del Valle ha podido salvarte de la horca!...

Mucho se resistió Bohórquez, pero al fin tuvo que ceder, pues no veía otro camino de salvación: ponerse de nuevo al frente de los indios sería desafiar quizás las iras de éstos, y renunciar definitivamente al perdón de los españoles, que no le darían cuartel. Cuando dijo a Carmen que iba a entregarse, la mestiza se echó a llorar.

—¡El taita te engaña! –exclamó–. ¡Te llevan para matarte!... Pero yo te salvaré.

# XV – CATÁSTROFES

Bohórquez, acompañado por Carmen, marchó a Salta, para entregarse al representante del virrey.

No se le trató mal en un principio, y hasta podía tener ilusión de hallarse en libertad. Alucinado por esta aparente dulzura, no vaciló en acceder a un pedido complementario que se le hizo para la total pacificación de Calchaquí. Y un día subió a un tablado que se había erigido en la plaza de Salta, y dirigiendo la palabra a caciques y curacas, de antemano convocados en gran número, los exhortó a que volvieran por siempre a la paz, y acatasen la soberanía del rey de León y de Castilla, único y absoluto señor de estas Indias. Los curacas se retiraron cabizbajos, descontentos y recelosos...

Entretanto, los meses transcurrieron, Calchaquí no se pacificaba, y los rumores que llegaban a oídos de Bohórquez eran amenazadores y terribles... Sus compatriotas tenían la intención de darle muerte, y retardaban el momento sólo porque temían posibles complicaciones. La sentencia se cumpliría después de una decisiva expedición que estaba preparando el gobernador Mercado y Villacorta...

Carmen, y algunos indios adictos y españoles indiscretos, tenían al prisionero al corriente de cuanto se hacía y se pensaba. Por ellos supo que Mercado y Villacorta había recibido del Perú importantes socorros en armas, municiones y dinero, y que se ocupaba de formar dos poderosos tercios [63], el uno con las tropas de Santiago, Salta, Esteco y Jujuy, que mandaría personalmente, acompañado por el padre Torreblanca como capellán; el otro, compuesto por las tropas de La Rioja, Londres, Valle de Catamarca y Tucumán, que marcharía bajo las órdenes del ya entonces maestro de campo don Francisco de Nieva y Castilla.

El primer cuerpo constaría de mil doscientos a mil quinientos hombres, y numerosos caballos; el segundo alrededor de mil, incluyéndose en ambos los indios amigos.

El plan del gobernador, según llegó a oídos de Bohórquez, consistía en entrar simultáneamente por dos puntos al valle de Catamarca. Para esto, a principios de mayo y con sus tropas, saldría de Salta por la quebrada del Escoype, y marcharía hacia el sur. Nieva y Castilla, entretanto, saldría al propio tiempo de Londres, y entrando al valle por Jocavil, marcharía hacia el norte para unirse con él en el centro del valle, después de limpiar éste de indios.

Bohórquez comprendió inmediatamente que este plan debilitaba las formidables fuerzas españolas, y con el ingenio aguzado del preso que ansía su libertad, se dijo:

—Mi último recurso está en que triunfen los indios, aunque sea momentáneamente. Huir de aquí me es fácil, y si les doy la victoria me recibirán con los brazos abiertos, olvidarán lo pasado y volveré a ser Inca. Y, cuando lo sea... ¡ya veremos! Siempre hallaré cómo salvar el pellejo.

Consultó su idea con Carmen, y después de largo y detenido examen, ambos resolvieron comunicar lo que sabían a Luis Enríquez, y aconsejarle un plan de campaña que a juicio de ambos no podía fallar. Consistía sencillamente en que los indios dieran paso franco a Mercado y su ejército hasta Tolombón, donde necesariamente iría a acampar, y que se halla en medio del valle. Allí lo sitiarían, en el mayor número posible, y les quitarían el agua –cosa fácil, como había podido observarlo durante su permanencia en dicho pueblo. Entretanto, los calchaquíes de Jocavil, Anguinan, Acalian y todos los Quilmes,

---

63  *Tercio*: la tropa correspondiente a un regimiento de infantería

observarían la marcha del ejército de Nieva y Castilla, para caer sobre él por sorpresa en un lugar propicio, matando y arrollándolo todo. Desbaratado Nieva, correrían a incorporarse con los de Tolombón, y Mercado y Villacorta tendría que sucumbir dejando el país libre de españoles...

El plan no estaba mal urdido, como se ve, y más aún si se tiene en cuenta que Luis Enríquez podría mover unos cuantos miles de hombres, tan valientes como los heroicos Quilmes, cuyas hazañas están aún por ser escritas.

Pero los acontecimientos se precipitaron, la cárcel de Bohórquez se hizo más dura; ya no le permitían ver a otra persona que Carmen; el rostro hirsuto y torvo de los carceleros aumentó su hostilidad; ya los guardianes no iban a formar corro para escuchar los cuentos fantásticos, las anécdotas y los chascarrillos del andaluz; ya no se festejaban sus chistosas interpelaciones a los que pasaban cerca de él; ya hacía gracia... Y Bohórquez sabía que, para un charlatán, no hacer gracia es estar en desgracia... Todo lo vio nublado y se echó a temblar por su vida... Un día supo que Villacorta, al frente de su ejército, acababa de salir de Salta; anudósele la garganta y sintió un calofrío, como si pasara la muerte. La osadía del plan que había trazado lo aterró...

Cuando llegó Carmen, esa tarde, llevándole un poco de comida, encontrolo pálido, desencajado, con los ojos casi fuera de las órbitas. Tenía la continua visión del cadalso... Hizo a su compañera confidente de sus temores, lloró como un niño, como un niño le suplicó que lo salvara.

A la mañana siguiente Carmen fue a despedirse de Bohórquez y salió de Salta.

Sola y a pie siguió la rastrillada del ejército de Mercado y Villacorta...

# XVI – LA MESTIZA

El señor gobernador hallábase la noche del 11 al 12 de junio departiendo con algunos de sus oficiales, en su tienda de campaña, junto a Chicoana de los Pulares, cuando un ayudante le anunció que una mujer, detenida en la línea del campamento, solicitaba hablarle inmediatamente.

—¿Es del pueblo? –preguntó.

—No es del pueblo. Parece india, pero no podría afirmarse. Dice que es criada del capitán don Melchor Díaz Zambrano, y que ha estado prisionera en poder de los calchaquíes.

—Que se la conduzca aquí.

Los oficiales se retiraron discretamente. Mercado quedó solo. Un momento después, entraba en la tienda una mujer envuelta en un manto.

—¡Carmen! –exclamó Mercado en cuanto se desembozó.

—¡Sí, soy yo! Vengo a revelar a vuecencia importantes secretos, si antes me promete la vida y la libertad inmediata de Bohórquez.

—¿Tan importantes son? –preguntó con cierta sorna Mercado.

—Vuecencia juzgará al oírlos –replicó fríamente la mestiza.

—Empieza, pues.

—Antes quiero que vuecencia me dé su palabra...

—¿De que concederé la vida y la libertad a Bohórquez?

—Sí.

—Pues ya la tienes, si se trata de algo que me sea provechoso.

—¿Solemnemente empeñada?

—¡Sí!

Carmen, entonces, reveló a Mercado el plan de Bohórquez, agregando que podía hacerse fracasar con sólo precipitar la marcha.

—Otra traición, de *yapa* 64 –agregó la mestiza con amargura–. ¡El cacique Pablo, que acompaña a vuecencia, es espía de los indios y viene para observar los movimientos del ejército y comunicarlos a Luis Enríquez!... En querer y en traicionar no hay más que empezar...

Carmen se marchó, el cacique don Pablo murió aquella misma noche y, mucho antes de amanecer, el ejército tomaba a marcha forzada el camino de Tolombón, a cuyo pueblo entró tres días después, sin disparar un tiro...

No tenían la menor noticia del ejército de Nieva y Castilla; el enemigo, indudablemente, interceptaba los mensajes y mataba los chasques.

Mercado no se eternizó en Tolombón. Después de guarecerlo con un regular destacamento, en la madrugada del 15 marchó en dirección al pueblo de los Quilmes. Detúvose a pernoctar en Colalao.

Los indios, que seguían los movimientos del ejército, disimulándose entre los árboles y tras las asperezas del terreno, y cuyo grueso acampaba en aquellas inmediaciones, consideraron que el momento era propicio.

En número de dos mil, rodearon por todas partes a los españoles, llevándoles el más formidable ataque. Se peleó encarnizadamente hasta las cuatro de la tarde. Viéndose en inferioridad de condiciones, Mercado resolvió retroceder, pero con tan mala suerte, que casi da en una emboscada que se le había preparado a orillas del río, en previsión de ese movimiento.

El español no perdió la cabeza, sin embargo. Dejando que el grueso del ejército siguiera donde estaba, flanqueó rápidamente a los calchaquíes con la compañía de su guardia, y precipitándose a la retaguardia de los indios los tomó entre dos fuegos. La carnicería fue

---

64   Yapa: voz Quichua, adicional que se da gratuitamente al comprador

tan espantosa, que la sangre corrió hasta el río y el campo quedó sembrado de cadáveres calchaquíes con la cabeza separada del tronco... Los españoles estaban vengados de la sorpresa y del grave peligro que habían corrido...

Pocas horas después, en medio de la noche que cobijaba tranquila y silenciosa a los guerreros ebrios de sangre y ahítos de matanza, llegó al campamento el primer mensaje de Nieva y Castilla, llevado por un cacique de Colpes, llamado don Lorenzo.

Conducido inmediatamente a la presencia del gobernador, entregole una carta de su jefe en la que éste le daba cuenta de varios combates sangrientos, especialmente de uno en que los heroicos calchaquíes habían llegado hasta la misma boca de los arcabuces españoles. En este encuentro, Nieva se vio arrollado por los indios, y hubiera perecido, si el joven Ignacio de Herrera no se hubiese lanzado en su auxilio, entusiasmando con su arrojo a muchos que lo siguieron. La derrota de los indios se produjo en seguida, y la matanza fue espantosa, pues no se dio cuartel y los españoles estaban convertidos en fieras.

La carta terminaba anunciando que al día siguiente se operaría la reunión del tercio de Londres con el de Salta, es decir, que los valles calchaquíes quedaban en poder de los españoles, salvo las ocho leguas dominadas por los heroicos Quilmes, y que durante varios años todavía, continuaron bajo el dominio de éstos...

Mercado y Villacorta apresurose a comunicar tan faustas nuevas al padre Torreblanca.

—Y ahora –díjole en seguida–, ¿qué hacemos con Bohórquez?

—Enviarlo al Perú –contestó el jesuita sin vacilar.

—Es que he empeñado mi palabra de honor...

—¿Sobre qué?

—De devolverle inmediatamente la libertad...

El padre Torreblanca reflexionó un instante y luego, con angelical mansedumbre, dijo:

—Tu empeño no es válido, porque al hacerlo olvidabas que Bohórquez no está ya bajo tu jurisdicción sino bajo la del virrey. No te preocupes, pues, hijo mío, y mándalo inmediatamente al Perú.

Villacorta quedó pasmado de admiración ante el ingenio del jesuita, que así le alivianaba la conciencia...

Bohórquez, bajo segura custodia, fue llevado a Lima, en cuya cárcel se le cargó de cadenas. Allí pasó algunos años, soñando inútilmente en escapar. Condenósele a muerte, pero un resto de escrúpulo nacido del hecho de habérsele indultado antes, hizo que se consultase a España, a la reina doña María de Austria, regente en nombre de su hijo Carlos II. Su Majestad contestó sencillamente al virrey: "Os mando que obréis conforme a justicia y gobierno, lo que fuere de mi mejor servicio". Esto era simplemente poner el cúmplase a la sentencia de Chamijo.

Diósele garrote, el cadáver fue exhibido en la plaza pública, colgado de una horca; luego se le cortó la cabeza y ésta fue clavada en el arco del puente que mira al barrio de San Lázaro...

Carmen, que había seguido a Bohórquez hasta Lima, cuando se convenció de que su amante no le sería restituido más, volvió sigilosa y penosísimamente a Londres, con el firme propósito de vengarse de Mercado. Para conseguirlo, envenenó un jarro de chicha, de que el gobernador comenzó a beber, abandonándolo por su extraño sabor. Perseguida y a punto de caer en manos de los españoles, precipitose a un barranco, haciéndose pedazos contra las rocas...

En esto, como en muchas otras manifestaciones, imitó a las heroicas y salvajes calchaquíes que seguían a la guerra a sus maridos con los hijos atados a la espalda, y que, en caso de derrota, se lanzaban sin vacilar al abismo...

FIN

Thank you for acquiring

# El Falso Inca

This book is part of the
**Stockcero Latin American Studies Library Program.**
It was brought back to print following the request of at least
one hundred interested readers –many belonging to the North
American teaching community– who seek a better insight on
the culture roots of Hispanic America.
To complete the full circle and get a better understanding about
the actual needs of our readers, we would appreciate if you could
be so kind as to spare some time and register your purchase at:
http://www.stockcero.com/bookregister.php
**The Stockcero Mission:**
To enhance the understanding of Latin American issues in North
America, while promoting the role of books as culture vectors
**The Stockcero Latin American Studies Library Goal:**
To bring back into print those books that the Teaching Com-
munity considers necessary for an in depth understanding of the
Latin American societies and their culture, with special emphasis
on history, economy, politics and literature.
   **Program mechanics:**
• Publishing priorities are assigned through a ranking system,
   based on the number of nominations received by each title
   listed in our databases
• Registered Users may nominate as many titles as they con-
   sider fit
• Reaching 5 votes the title enters a daily updated ranking list
• Upon reaching the 100 votes the title is brought back into print
You may find more information about the Stockcero Programs
by visiting www.stockcero.com.